제1회 디카시전국백일장대회

# 성책도록

시답

발간사

# 디카詩世界로
# 한글의 우수성을 세계로 미래로!

발행인 박종래

현 시대는 이제 소셜 네트워크를 형성하여 세계 많은 사람과 교류 할수 있게 되었습니다. 누리집이나 응용프로그램으로 관리하는 서비스인, 에스엔에스 SNS(social network service)를 통해 펼쳐지고 있습니다.

이에 접목하여 디카-시(digital camera 詩)가 새로운 문화예술의 장르로 부각되었습니다. 2016년에는 국립국어원 우리말샘에 디카시가 등재되었고, 2018년에는 검정중고등학교 국어교과서에도 디카시가 수록되었습니다.

디카시란 디지털카메라로 자연이나 사물에서 시적 형상을 포착하여찍은 영상과 함께 문자로 표현한 간결한 시입니다. 실시간으로 소통하는디지털 시대의 새로운 문학 장르로, 언어 예술이라는 기존 시의 범주를확장하여 영상과 문자를 하나의 텍스트로 결합한 멀티 언어 예술입니다.

시인의 상상력에서 예술적으로 재구성, 혹은 변용되기 이전에 존재하는 시의 형상을 가리켜 날시(raw poem)라고 하면서, 관념이나 언어 이전의 '날시'를 순수 직관의 디지털카메라로 찍어 문자로 재현하는 방법을 디카시라고 명명합니다.

디카詩는 아이들로부터 어른에 이르기까지 누가 언제 어디서든 간에

남녀노소 모두가 쉽게 동참할 수 있는 창작 환경을 가지고 있습니다. 디지털카메라(흔히 스마트폰)와 짧은 시문詩文의 발상을 통해, 순간 포착, 순간 언술, 순간 소통의 극 순간 예술이라고 김종회 교수는 평하고 있습니다. 이제 지구촌은 하나라는 세계화 시대입니다. 참여와 관심을 가진 미국, 캐나다, 중국, 일본, 인도네시아 등 디카시인들이 참여하고 소통하고 있습니다.

디카시라는 새로운 문학 용어는 이상옥 시인이 2004년 처음 창안 제시한 신조어로 공론화된 후 채호석 교수가 쓴 『청소년을 위한 한국 현대 문학사』(두리미디어, 2009)에 새로운 시문학의 장르로 소개되어 대중화되었다고 볼 수 있습니다.

따라서 본 연구원에서는 디카시를 더욱 활성화하기 위한 일환으로 제1회 《전국 디카시백일장 대회》를 개최하게 되었습니다.

보통 17자 안팎으로 글자 수를 제한하는 일본의 「하이쿠」 시의 성행과 대비하여 우리 디카시도 축약하여 함축된 자수로 5행 이내로 구성됩니다. 세계 최고의 글꼴 소리글인 우리 한글의 우수성과 세계 최고의 스마트폰 우리 한국의 제작국으로서 널리 알리는 계기가 되기 위하여 신명을 바치길 다짐합니다.

이번 백일장 응모자 모두 도록에 실어 2024 봄호의 디카시 모음집으로 발간됩니다. 이를 기점으로 계절마다 열과 성을 다해 백일장을 열어 널리 홍보하고자 합니다.

디카시 동호인 여러분의 건강 건필을 기원하며 많은 성원을 기대합니다.

2024년 5월 15일 발행인 박종래

# 차례

제1회 디카시전국백일장대회

# 성책도록

# 대가족 / 강봉래

홀씨 파마머리
바람이 제일 무서운
휘청이는 삶
사랑으로 뭉친 대가족

전북 고창 출생 / 경남 거제시 거주 / 백제문학회 회원 / 문예세상문학회 회원 / 시와늪문학회
회원 / 문학광장 문인협회 회원 / 황금찬 시맥회 회원 / 청암문학작가협회 회원 / 글로벌문학인
협회 회원 / 팔공문인협회 회원

# 그대 바라만 보아도 / 강세령

꽃구름 사이로 감미로운 햇살과 눈 맞춤할 때
고목의 잔기침 소리 꽃이 되어 날아든다
잘록한 허리 풍파 속에 뒤덮인지 아득한 세월
굴곡진 숨 고뇌 섞인 여정일지라도
행복은 거창한 것이 아니라 소소한 기쁨인 것을

《대한문학세계》등단, 신인문학상 수상 / 사임당 백일장 수상 / 사육신 추모제 백일장 수상 / 단
국대학교 詩창작 수료 / 저서『봄빛 소나타』국회도서관 국립중앙도서관 소장

# 딸기 / 강정옥

하얀 꽃이 피더니, 어느새
넓은 잎사귀 뒤에 숨어
붉은 몸뚱이 자랑한다
세상이 두려워 고개를 숙였나
무수한 점들로 선명하게.....

유아교육학과 전공 / 실버 레크레이션 강사 / 서천군 마을기록 활동가 / 2022년 동인지시집 『길
쌈시』 공저 / 2023년《한비문학》165 9~10월호 신인문학상으로 등단

## 진정한 사랑 / 미쁨이 강제 실

장미는 향기를 모두에게 풍기고
햇살은 그 빛을 선악인 없이 비춘다
느티나무 그늘은 너와 나에게 쉼터를 주고
진정한 사랑은 모두를 내어 주고도
그 대가를 바라지 않는 꽃처럼 나무처럼 햇살처럼....
오직 하나님의 사랑.

《한울문학》시, 수필 등단 / 한국 문인협회 회원 / 시집 『침묵의 속삭임』『허수아비 사랑』『바람 소리』

# 진달래꽃 / 강차남

먼저 보았다지요
봄 걸음 살랑살랑 꽃잎에
잎새도 몰래 피워 낸 연분홍 꽃을
간질간질 속병에 애간장을 피웠다는 것을
이 봄 진달래꽃 첫 손님이 되었다는 것을

(사)한국문인협회 예천지부 회원 / 시낭독 숲길 독서회 회원 / 에천내성선문예현상 공모전 일
반부 가작 수상

# 천년의 미소 / 강창석

천 년 동안 굳게 다문 입술
하고픈 이야기 많은데
하늘과 물물사이
노랑 꽃순이 가고 역할
입술 벙그러져 웃는, 지금

《현대계간문학》2016년 신인상 등단 /《한국문학》2020년 시부문 대상 / (사) 한국문학협회 이
사 / 신라 향가 문화원 회원 / 건일 파트너스 그룹 부사장

# 소원 / 강현수

벚꽃 뚝배기에
몽글몽글 끓는 햇살처럼

부정맥 앓는 내 심장도
뜨겁게 끓어올라

누군가의 봄이 되게 하소서

이트공간 이음 대표 / 수상 : 제1회 광양시 창작시 공모 장원 / 2023. 11 제1회 지구촌 나주 디카시 공모전 수상

# 벚꽃 / 고계숙

감기에 몸살 앓듯
꽃비 되어 흩날리고
시린 바닥 모여 백설기 만들었네
비타민 먹었을까?
그래도 예쁜 너

《한국미소문학》수필등단(2022년), 시 등단(2023년) / 안성문협 회원

# *철쭉꽃* / 수연 곽 연수

성격이 좋은 철쭉꽃
둥글둥글 보름달처럼 화알짝 웃으며
모두를 아우를 줄 아는 바다 같은 사랑이어라

경기 안성 출생 / 청암문학, 여울문학 신인상 / 한경대학교, 힌신대학교 수료 / 한경대평생교육
원문학창작수료 / 안곡문학연구회사무국장 / 청암문학작가협회 중앙부회장 / 청암문학수상 /
하늘꽃문학상 / 삼일절문학상 / 바다문학상

# 바다의 봄 / 곽인하

수륙양용, 이제부터 걷습니다
뭍에 오르면 토끼에 뒤지지만
등에는 갑골의 시를 새기고
바다의 봄을 업고 왔지요
바다는 어머니, 어머니의 품은 넓습니다

2018《시와문화》등단 / 시집 『나비등에 오른 자유비행』

# 봄 넷 / 곽인하

봄 대문이 열리고, 누구세요? 봄입니다!
내 이름도 새봄이구요
뜰 안의 산수유는 노랑 봄이지요
봄바람 불어오면 우리는 봄 넷입니다

2018《시와문화》등단 / 시집『나비등에 오른 자유비행』

# 봄 / 구금섭

너와 나
한날한시
피어나
함께 바라보는
세상이
얼마나 좋으냐

《아세아문예》'시' 등단 / 2013년 제5회 국민일보 신춘문예(시 '입춘') 당선 / 현)천문인회 명예
회장 / 온석대학원대학교 사회복지학과 교수 정년퇴임 / 현)한국문인협회, 활천문학회, 아송문
학회, 부천문인회 회원 / 시집『큰나무의 꿈』『커피에 담긴 얼굴』『풀잎들의 속삭임』『가을 우체
국』『어머니의 잠언』『물위에 뜬 달』

# 동강할미꽃 / 권대근

뒷산에 소쩍새 울면
바위틈 앙증맞게 톺아보는 애띤 천사
한 치나 굽은 그녀의 허리
내 허리와
셈해 보는 어스름 나이

문경출생 / 건국대학교 교육대학원 졸업 /《현대계간문학》'시' 부문 신인문학상(2022) / 사)한
국문학협회 회원 / 황조근정훈장(2014), SBS교육대상(2001), 전국교육용S/W공모전 최우수
상(1993) 외 다수 수상 / 산행기록문『산은 큰 스승이다』(1,2,3권), 시집『산이 좋아 산에 오른다』

# 여의도 벚꽃축제 / 권장숙

설레는 벚꽃축제의 장
꽃잎이 머리 위에서 흩날린다.

꽃잎이 흩날릴 때면 언제나 손을 뻗어본다.
언젠가 내게도 닿을 것 같은
설레는 희망을 품어보면서.

수필가 / 서울시 거주 / 월간《국보문학》수필부문 신인상 수상 / 연세대학교 미래교육원 수필창
작 수학/ 연세에세이클럽 회장 / 국보문학 서울지회 수필분과위원장 / 사단법인 한국국보문인
협회 정회원 / 수필집『연세문학의 비상』(공저) 제2집 / 메타 문학 시인 등단

# 경희루의 봄 / 금란화

눈 속에서 꿈틀대던 버들강아지 선잠 깨고
경회루 높은 누각 봄기운으로 우쭐거린다
화들짝 놀란 벚꽃나무 옹알이 며칠 만에
온 세상은 봄물로 만화방창萬化方暢한데
연못 속에 잠자던 궁궐지기 청룡이 하품하누나.

시인, 수필가, 사진작가/ 월간 순수문학 수필등단 / 한국문학신문 시 등단 / 인천 영종초등학교 4대 총동문회장 / 서울 중구 문인협회 자문위원 / 사)한국문학협회 상임이사 / 시울시 주최 「제 2회 수필이야기 공모」 입선 / 독자가 뽑은 감동상 수상(2017 이투데이 PNC) / 한국문학신문 수필부문 최우수상 수상(2020) 저서『별빛사랑』외 다수

# 꽃잎 속 노란 편지 / 김경화

떠오르는 태양보다 밝은 웃음
노란 물결로 환하게 다가온다
그대여 온몸으로 활짝 웃어요
바람에 이 몸 꽃밭 너머 사라져도
환한 웃음은 소중히 남기고 싶어요

《현대계간문학》시부문 신인문학상 수상, 등단(2023) / 수원대학교 음악대학원 피아노 교수학
과 졸업 / 사)한국문학협회 회원/ 뉴코아 문화센터 강사, 삼성 홈플러스 강사, 장안구민회관 강
사 역임 / 늘 사랑 피아노 원장 역임 / 장자동 주교좌 성당 사진 촬영 봉사활동 /한택식물원 사
진 공모전 입상

# 청보리 / 김계홍

푸른 바람 맑은 햇살 껴안아
손끝 스친 빗살로 머릿결 씻어
얼굴 파릇파릇한 마알간 청보리
섣달이 농부에게 시집보내려
햇살이 혼주 되어 찾아왔다

1972) 눈개 추모 백일장 특선 / 1976) 샘터 문예 공모전 은상 / 2018년《문학세계》등단 /《문학세계》문인회 회원 / 선사인(善思人)동인회원 / 공동시집 외 (4권)

# 모정의 꽃 / 김광훈

척박한 환경 속, 한 송이 꽃을
피우기 위해
겨울 모진 바닷바람에
살이 에이는 아픔 견디어 낸
진정한 어머니의 모습이 아닐까?

탐라 디카시인 협회 회원

# 봄의 본능 / 김권곤

태풍에 쓰러진 소나무
쇠지팡이 짚고 반쯤 일어섰다
골절돼 깁스한 팔에도
자잘한 솔방울 조랑조랑 매달고
젖배 곯아 왜소한 늦둥이에게 젖을 먹인다

전남 고흥에서 출생 / 2016년 5월《국보문학》신인상 수상 / 한국문인협회 회원 / 중구문인협
회 회원 / 홍익대학교 국제경영대학원 졸업 / 한국거래소 근무

# 왕릉의 봄 / 김귀순

반쯤 누운 백송 솔방울 눈썹 끝에 앉은
토종 쪽박새들 왕릉 봄바람 불러앉히네
이미 떨어져 몸져누운 지붕 위 풀꽃들
서오릉 진묘수 돌말 초혼가도 끝나가네
금년 봄볕 내 혼령 어느 왕릉 헤매는가

시인, 중국 천진외대 동방대학원 한국학과수료 /《조선문학》신인문학상(시), 경기도문학대상
(수필) / 조선문학가협회이사, (사)한중문예콘텐츠협회이사 / 형상시21문인협회장 역임, 중국
천진외대 초빙교수 / 중국두만강문학상, 한반도문학최우수상 / 저서『민낯』(산문집, 한중문예
출판사),『대부도 야생화』(시집, 아시아예술출판사),『인연법』(시집, 아시아예술출판사)

# 연 / 김귀자

어찌 맺은 인연인데
어이, 홀로 가시려고
연줄을 끊으셨나요

봄이 오는 길목에서
차마, 발걸음 떼어 떠나지 못하는 님

호: 佳園 / 시인 . 아동문학가. 수필가 / 저서 『백지가 되려하오』『옆에만 있어 줘』『달팽이는 뒤
로 가지 않는다』 외 다수 / 천강문학상, 한정동아동문학상. 진도명량문학상등 수상 / 한국문인
협회. 한국동시문학회 등에서 활동

# 곡우 다신제 茶神祭 / 김기원

4,19 곡우穀雨 날
새 찻잎 따 우려
헌다獻茶로 풍년을 비네

녹동감로 김기원 / 철학박사 / 1990년 시와 시인.문학21 등단 / 경상국립대학교명예교수 / (사)새생명광명회명예회장 / 한국차학회 고문 / 한국공무원문협 고문 / 성문관유도회 고문 / 한국차문화연합회 고문 / 한국문협.자문 / 국제펜클럽 한국본부 이사 / 대한민국문화예술명인전(문학부분) 명인대상

# 봄나들이 / 김미자

흰제비꽃 외제비꽃
먼 나라에서 온 종지나물
옹기종기 앉아 볕을 쐰다
도란도란 웃음 나누며
한생의 봄을 어깨 겯는다

《창작수필》등단(수필) /《문학시대》등단 (시) / 한국문협 회원 / 계간문예 이사 /《창작수필》
문인회 부회장 / 수수문학, 강릉사랑문인회 부회장 (출판·편집) /《창작수필》문학상, 관악문학
상 수상 / 수필집『마음에 이는 바람을 따라』

# 바람 같은 인생 / 김미행

울고 가는 바람인가
4월에 부는 아픈 바람,
손으로 붙잡아 본다
두 팔 벌려 껴안아 보기도 한다

Kim mi haeng / 개인전 5회 및 초대·기획·해외아트페어등195여회 / 국제학교 교장역임 /
동아대학, 서울시립대학 환경조각과 겸임교수 역임 / 임상심리학 / 예술학박사

# 길위의 봄 / 김민지

밟혀도 좋은 꽃은 없다
질기게 견뎌 온 아스팔트 길
길에서 피고 지고
또 피어나리라
봄이니까……

《현대계간문학》신인문학상 (시, 2024. 봄) 경기도 안성 출생 / 목요동인 활동 / 미건의료기사업 25년 / 현)서울 양천구 목4동 주민자치위원 / 우리동네 돌봄단 활동 / 서울특별시의회 공모전 표창 / 서울 양천구 모범구민 표창

# 꽃비 / 김민지

산란하게 피고 지고 휘날리던 꽃잎들
비라도 내려주지 않았으면
가라앉지 않았으리라
피우지 못한 마음조차
꽃비가 되어 흐른다

《현대계간문학》 신인문학상 (시, 2024. 봄) 경기도 안성 출생 / 목요동인 활동 / 미건의료기사업 25년 / 현)서울 양천구 목4동 주민자치위원 / 우리동네 돌봄단 활동 / 서울특별시의회 공모전 표창 / 서울 양천구 모범구민 표창

# 벚꽃 / 김 별

소리 없이 불꽃처럼 터진
내 인생의 화양연화

찰나처럼 사라질 행복이어도
너의 우아함 기억하겠네

경북대 사범 대학 불어 교육학과 졸업 / 프랑스 유학 (1986~1990년) / 뚤루즈 르미라이대학 불
문학 석사(DEA) 취득 및 박시 과정수료 / 공립 엉이교사 근무 30년 후 명예퇴직 / 2023년 여
행기『일단 떠나라』출간 / 2024년《한반도문학》신춘문예 시 등단 / 현재 브런치작가로 활동 중
https://brunch.co.kr/@c3e689f797bd432

# 황토 밭길 걸어서 / 김복언

쫀득쫀득 미끌미끌 질퍽질퍽
맨발로 나의 인생길을 걸어갑니다
봄바람에 떨어진 하얀 꽃잎들이
발가락 사이사이 살짝 얹어봅니다
걸어가는 그 길에 노랑 등불 밝히네

경남 거제 출생 / 경상국립대학원 열에너지공학과 졸업 / 한국문인협회 회원 / 21년 (사)세계 문인협회 편집, 심사위원 / 거제 문인협회 이사 / 17년《문예비전》시 신인상 / 20년《문학세계》9월호 신인상 수필 등단 / 22년 (사)세계 문인협회 문화예술공로상 / 천우 문화예술대학 특임교수 / 거제대학교 기계공학과 교수 역임

# 수선화 / 김봉균

꽃등 앉은 느린 햇살
한 시절 피워낸 소담한 꽃
어서오시게
바람할미 목숨 걸린 조각달
노오란 봄날의 시작

《월간문학세계》신인문학상 / 7회《한올문학》문학상 본상 / 10회《시와창작》문학상 대상 / 55
회《토지문학》코벤트가든 문학상 대상 외 수상 / 한국문협·시협·광화문사랑방시낭송회회원
/ 저서『동백꽃 잔설위로 붉은 점 하나 놓고 졸고 있다』/ 공저·시화전 다수

# 피꽃 / 향명 김상경

바람 나팔 불어라
어머니 하얀 가슴
꽃으로 피어나라
유년 그리움, 벌나비
어서 날아 오거라

시인, 바리톤 / 서울양천문인협회7대회장 / 현)한국인사동예술인협회 시가모회장 / 한국경찰
문학 수석부회장 / 통일천사 공동대표 / 코리안드림문학회 사무총장

# 봄의 연가 / 김상규

봄은 뭇사내의 어설픈
입맞춤으로 시작되었다.
숫처녀 마냥 수줍은 얼굴 연분홍빛 물들면,
부는 바람에 행여 달아날까
살며시 손내밀어 붙잡아 본다.

1961년 부산 출생 / 제1회 에코부산 디카시 공모전 장려상 수상(2019년 5월)수상, 작품명「
항구」

# 차바퀴 / 김상봉

쉬-익
산허리 등걸 밑에
주무시는 세월
할아버지 깨실라

# 아가의 꿈 / 상섭 김상영

따스한 어느 봄날
영롱한 무지개 색으로 빚어
아가의 꿈을 담고
물풍선에 실어 하늘 높이높이 ~~~

호:서로(상) 화할(섭) / 1959년 강원도 철원 출생 / 1979년 12월 웨슬레 신학교 신학과 졸업 / ~1986년 싱가포르 한인교회 주일학교 교사 / 2016년 포천 문인협회 가입 / 2020~2021년 포천 문인협회 이사 / 2020년 한국 작가 봄호에서 「님」「인생」「손주」등으로 등단 / 2020년 3월 한국 작가 회원으로 활동 / 2022년 3월 한국 문인 협회 회원으로 가입

# 수줍은 얼굴 / 김상희

붉어지는 부끄러움 웃지 못하는 마음
깨끗한 속살 속에 황혼빛으로 빛나리
벌이 찾아들지 않아도 벌침을 쏘이는
청순하고 순박한 향기 품어 내주려던
담백 꿀맛 건강 지킴 바이러스 균일세.

사)《한울문학》시.수필 등 / 사)《한울문학》시.수필 등단 /《아람문학》시.수필 등단 / 가슴시린 발라드 외로움 작사 / 내 어머니 AI 노래 가사 작사 / 스토리 텔링시와 포토시 발표 작가/ 꽃가람 시 순수문학회 총괄대표 / 사)한국문인협회 28대 홍보위원 / 사)한국예총 취재기자 엮임 / 사)환경과 사람들 제주대표 / 사)한국식물복지사협회 이사장

# 봄의 한가운데에서 / 연암 김선엽

꽃샘추위 물러나니 봄은 벌써 한가운데

초목은 파릇파릇 물들고 꽃망울 터져 만개하니
스쳐가는 봄바람에 사방으로 흩어지는 꽃내음

향기에 취한 나비 어지러이 무릎을 날 때
님 그려 나풀대는 내 마음 한 마리 나빌레라

《현대계간문학》신인문학상 (시, 2024. 봄) / 경기 의정부시 출생 / 서울시 종로구 거주 / 성동
고등학교 졸업 / 고려대학교 졸업-고려대학교 대학원 졸업 / (주)빙그레 (임원역임) / 한국제지
그룹(임원역임) / 남양주기업인회 이사 역임 / 남양주상공회의소 부회장 역임 / 인제대학교 교
수(정년퇴임)

# 大葉風蘭 / 연암 김선 엽

산야에 봄 무르익어 완연하니
개나리 진달래 앞다투어 꽃 필 적에
나도풍란 소리 없이 꽃피우네
취할 듯 그윽한 꽃내음
초연히 홀로 고고한 자태 기품 있어라

《현대계간문학》 신인문학상 (시, 2024. 봄) / 경기 의정부시 출생 / 서울시 종로구 거주 / 성동
고등학교 졸업 / 고려대학교 졸업-고려대학교 대학원 졸업 / (주)빙그레 (임원역임) / 한국제지
그룹(임원역임) / 남양주기업인회 이사 역임 / 남양주상공회의소 부회장 역임 / 인제대학교 교
수(정년퇴임)

# 흥부네 아이들 / 김성자

와 좁은 방 탈출이다
형님 먼저 나가세요
아니야 아우들 먼저 그 빛을 봐야지
그럼 우리 함께
손잡고 출발

《문예사조》등단 / 한국문인협회 회원 / 시집 『노포에 머문시간』 2집

# 봄날 / 김수련

청춘의 눈부신 곡조는
여울목 돌아 돌아
조그마한 풀꽃 되어 찾아온 봄날

어쩌면 우리들의 가슴에도 봄이 필 것만 같아
가슴뜰에 씨앗 한 톨 심어둡니다

2001년《문학도시》등단 / 2001년 전국 백일장 장원 / 2006 김수영 백일장 장원 / 2016년 남
제문학상 그외 다수 / 저서『들꽃처럼』

# 그리움 / 天香 김수연

진달래 활짝 피어
꽃 곁에 한나절은
눈빛이 녹아드는 설움 겨운 사연으로
서로를 물들여 놓은
아쉬움만 남았다

호 천향(天香) / 시인 / 문학평론가 / 독서지도사 / 수연꽃꽂이중앙회 회장 / (사)한국문학협회
평생교육원 시문학대학원 시 창작 교수 / (사)한국문학협회 부이사장 / (사)국제pen한국본부
이사 / (사)한국산림문학회 이사

# 똑똑똑 / 김 승

봄이 노크하네
반가워. 활짝 문을 열었더니
알록달록 만개한 꽃내음
하늘하늘 방긋방긋
산들바람 가슴에 안기네

담연 대표 / 남도외식인 요리대회1등대상 / 남도단품요리대회1등금상 / 세종시팔도 요리대회
장려상 / 진도북놀이 천안국악대전1등대상 / 자랑스런 한국인대상수상 / 여수 시담낭송회 정
회원

# 봄날의 꿈 / 김시운

봄빛을 끌어당긴다
고목 뿌리에서 봄 봄
푸름을 두르며
봄날의 꿈을 꾸려는가

충북 보은 출생 / 서울교육대학교 졸업 / 2000년 시현실 등단 / 2005년 전국 공무원 문예대전
행정자치부 장관 수상 / 2007년 모던포엠 본상 수상 / 제5회《세종 문화 예술 대상》시부문 수상
/ 2019년 남국문학상 수상 / 2021년《문학세계》본상 수상 / 2023년 시선 시문학 대상 수상 /
한국시인협회 회원 / 시집 『바람에게 물어나 보게』 외 다수

# 어느 봄날에 / 김아가타

햇살 한아름 가슴에 안고
좋아라
만면에 홍조 띤 철쭉의 미소
가던 발걸음 멈추게 하네

시인, 팝아티스트 /《열린문학》시 등단 / 인사동 예술인 모임 〈시가모〉부회장 / 한국문학 예술
인 협회 부회장 / 용인시 낭송 예술협회 부회장 / 하나로 국제문화 예술연합회 수석 글로벌 총
장 / 사)한국가교문학회 부회장, 운영위원장 문예지《가교문학》편집위원 역임 /《열린문학》문
학상 수상 / 신사임당 제52회 기예경진대회 시부문 수상 / 문학사랑신문 제3회 문학기행 삼행
시 부문 대상 / 스페이스골드 월드페스티발 효 인물대상 / 공저『창작인의 문학노트』『문학과
예술인의 한마당 축제』外

# 瞑想 – 半跏思惟像 / 時空 김영규

중생의 번뇌는 결국
삼라만상 생멸의 원리
신비의 탄생과 공평의 죽음
고해 딛고 피어난 열반의 꽃
저 깊고 깊은 아름다운 심연

(사) 한국문인협회 회원 / (사) 한국경기시인협회 회원 / 경기 PEN 문학 회원 / 호음문학문인협회 자문위원 / 시집 『꽃을 가꾸는 일』 외 6권

# 여명 / 김영상

춘삼월 새벽 오륙도 해맞이 공원
떠오르는 붉은 태양을 향해 양팔 높이 쳐든 칠순의 네 사람 가
슴이 뛴다
강원도 고성까지 칠백칠십 킬로미터 해파랑길 대장정 비바람
태풍 속을 걷고 또 걸었다
바닷물이 출렁이고 가슴이 요동쳤다
일년 뒤 늦은 봄 통일전망대에서 통일을 염원하며 끝을 맺었다

서양화가, 미술심리 치료사 / 한국수출포장공업(주) 전무이사 / 사)한국아동미술치료협회 자문
/ 한국문학협회 이사 / 광진미협회원 / 사)한국수필가협회 회원

# 풍성한 봄 / 娥晶 김 영순

담벼락 구석진 곳에서
모진 겨울 춥고 배곯아
참고 견디어 맞이한 봄
몸은 푸르고 싱싱하게
마음은 곱고 화사하다.

디카시 등단,《문학공간》2022년 6월호 (제6회《문학공간》디카시 문학상 대상) / 윤동주 문
학상 최우수상 (시) / 황금찬 문학상 수상(시) / 제7회 매일신문 시니어 문학상 수상(수필) /《
문학세계》본상 수상 (시조) / 세종대왕 문학상 최우수상 (시) / 모산 문학상 최우수상 (수필)

# 계란프라이 꽃 / 김예담

학교 가는 길
옹기종기 모여 쫑알대는 귀여운 봄꽃
바깥은 흰자 가운데 노른자.
지글지글 고소한 향기가 날 것만 같은
귀여운 계란프라이 꽃.

대야초등학교 4학년

# 來 / 김용철

삼월은 march
생명이 요동치는
spring 같아

65년 의정부 출생 /《문학의 빛》등단 / 시사불교 신춘문예 시조부문 당선 / 신정문학 시조 신인
상 / 장편소설『마루위 고양이』

# 매화꽃 / 김용호

보고파 보고프다 기도하니
봄 되어 봄꽃으로 피어나서
긴 시간 머물 수가 없다하여
오늘은 봄과 함께 어울릴까 한다

합천출생 / 한양대학교 졸업 공학석사 / 사)한국문학협회 수필분과 회장 / 사)한국수필가협회
이사 /《현대계간문학》수필부문 신인문학상(2016)

# 봄꽃을 피운다 / 김운남

키의 백배가 넘는 바람이 와서 흔들어도
짓밟고 멱을 잡아 하늘 끝 옹벽을 쌓아도
보름달 내려와 도란거리며 봄꽃을 피운다
우리 인생도 그렇다 끝이 없어도 끝이 있다
고샅길 돌아드니 봄물이 올라 봄꽃을 피운다

교육대학교 졸업 42년 근무 정년퇴임 / 문예창작지도사 자격, 국악지도자 자격 획득 /
2006.05.15 교육인적자원부장관 김진표 표창장 / 2012.05.15 교육과학기술부장관 이주호 표
창장 / 2013.02.24 대통령 이명박 황조근정훈장 / 2014.11.01 제23회 시민백일장 장원 / 2015
년 문학시대 신인상 당선 등단 / 2020년《현대문예》수필문학상 당선 등단 / 한국문인협회, 현
대문예, 여수수필문학회정회원 / 2019.12.20 시집『먼 산에 비 묻어 온다』

# 꽃비 내린 한반도 / 김유조

"개여울 사구沙丘에
한반도가 드러났다
봄바람 타고 꽃비가 하늘하늘
휴전선도 없고
만주 고토까지 화려강산"

국제PEN한국본부 부이사장 / 건국대 명예교수, 시인, 소설가 / 건국대 명예교수(부총장 역임)

# 담쟁이 / 김은혜

마른 가슴에 매달린
잔혹한 사랑
차가운 계절을 지나
다시 팔을 벌린다
너에게로 다가갈 연둣빛 사랑

현재 방통대국문과 재학 / 알포엠 회원

# 여기가 봄인데 / 김웅기

봄을 찾아 남해안으로
봄을 좇아 서해안으로
이리저리 헤매다가 봄에 지쳐 돌아오니
봄이 벌써 와 있었네
봄이 먼저 와 있었네

강원 횡성 출생 / 한국문인협회 및 노원문인협회 회원 / 《월간문학》 시조부문 신인작품상
(2023) / 수필집 『나무가 있는 기차역』(2022)

# 꽃눈깨비 내릴 때 / 김의배

석촌호수 벚꽃길
봄바람이 벚나무를 흔들고 가네
하늘에서 꽃눈깨비 내려오네
유모차의 아이는 손을 뻗어 꽃잎을 잡고
엄마는 아이의 봄을 카메라에 담고 있네.

충남 서산 출생 / 경희대학교 및 동 교육대학원 졸업 / 시)한국수필기협회 부이시장 / 시)국제
펜한국본부 이사 / 사)한국문인협회 대외협력위원 / 사)한국수필 등단(1998) / 미래시학 등단
(2023) / 한국사진작가협회 홍보위원회 위원장 / 실버넷뉴스 기자(편집국장)

# 주홍빛 왈츠 / 김인수

아침 해를 닮은 그대를 만나
날이 저물어 갈 때까지 왈츠를 추겠네.
망망대해 같은 인생의 한복판
주홍빛 하늘 꼬옥 끌어안고
그대와 영원히 주홍빛 왈츠를 추겠네.

밝은빛 교회 목사

# 봄잔치 / 김재련

산과 들이 들석들석
꽃 잔치 한마당
모두가 덩실덩실 더덩실

경북의성출생 / 월간《순수문학》(2022) 시등단 / 안동가톨릭문인회 회원 / 은점시문학회 회원
/ 의성도서관 시창작반 부회장

# 紅梅花(홍매화) / 김재명

동짓달 北風寒雪(북풍한설)에
온몸이 屠戮(도륙) 되어도
임을 기다리는 마음뿐인데
무애無碍 대수랴

2002년 3월《月刊문예사조》신인상 수상 등단/ 기술신보 문예공모 입상(詩調) 부문 입상 / 한국문인협회 정회원 / 강원문인협회 양양지부 사무국장(전) / 한국시사랑문인협회 정회원 / 시사문단작가 / 세계한민족작가연합회원 / 합창곡 '그리움' 발표(원주 시립합창단)/2010년8월 / 시집『꽃구름 타고간 그리움은 어디에 숨었을까』『향기로운 동행』外 동인지 발표 다수

# 봄이 오는 길 / 김정수

키 작은 우리 어머니 이마에
어림빗살 촘촘히 골 깊은 쟁기질

월간 모던포엠 시. 수필등단 / 금천문인회 부회장 / 한국문인협회회원 / 한국문인협회이사

# 밀양 퇴로리 / 김정숙

골목 어귀에 환한 패랭이꽃
서른세 송이 도란도란 정겹다
패랭이꽃 꽃말은 순결한 사랑
이 동네에 순결한 사랑이 많이 살았었나 보다

아호: 예강 / 강원도 강릉출생 / BDU 졸업 /《문학예술》시 수필 등단 / 부산 문인협회, 새부산 시인협회 회원 / 수상: 남제문학 작가상, 황순원디카시 입선, 산해정문학디카시 최우수, 대구 달성 디카시 입선 외

# 벚꽃 / 김정옥

눈부신 미소로 다가온 네가 있어
널 놓지 못하는 내가 있어
너의 이야기를 더 듣고 싶은데
아직 널 보낼 수 없는데
꽃비 흠뻑 뿌려 놓고 너는 사라지겠지

2023년《두물머리시문학》1년 수강 / 2023년 12월 20일《두물머리시문학》회원 시화전

# 송화 松花 / 김정윤

청솔에 송화 피면
너를 바라보는
나의 일상은 고문이다.

한국방송통신대학교국문학사 / 사) 한국문인협회 회원 / 사) 창작문학예술인협의회회원 / 저서
『감자꽃 피는 오월』/ 공저『명인 명시 특선시인선』『시 한 모금의 행복』외 다수

# 벚꽃 / 김정은

젊은 날 너 예쁜 줄 몰랐다
나의 봄은 한번 가면 그뿐
너의 봄은 피고 지고 피고
나의 운명은 돌아오지 않지만
너의 숙명은 다시 피는 것이리

서강대대학원 철학과 수료 / 한국문인협회시인, 평론가, 작사가, 번역가, 미디어피아 전문기자 /
공저 『live』, 번역서 문정숙 시인의 『수선되어 가는 삶』, 작사 배우리의 『어느 날』

# 영혼의 에너지 / 한울 김정인

모진 추위 견디고
싹 틔운 쌉쌀함
어려운 시절 잘 이겨 냈다고
영혼의 에너지로 다가왔구나

시인, 수필가 / (사)한국문학협회 정회원 / 방주기독문학 정회원 / 한국문학협회 시문학대학원
졸업 / 독서 지도 자격증 / 시집『나 그대 있으매』외 동인지 다수 / 시담 최우수 수상 / 한국예
술문학신문 문학대상 수상

# 효국원의 봄 / 한울 김정인

가지 끝에 핀 꽃잎
어린 이슬방울이
내 눈가에 맺힌 이슬과
닮았구나

시인, 수필가 / (사)한국문학협회 정회원 / 방주기독문학 정회원 / 한국문학협회 시문학대학원
졸업 / 독서 지도 자격증 / 시집『나 그대 있으매』외 동인지 다수 / 시담 최우수 수상 / 한국예
술문학신문 문학대상 수상

# 서황금의 눈웃음 / 김종두

백자가 품은 서황금 한 폭
세월의 애환 뿌리 속에 묻어두고
라임빛 정기 가슴으로 뿜어내어

탁한 세상 맑게 씻어주고
눈웃음 짓는 곳마다 행운 안겨준다

시인, 문학평론가 / 사)한국문학협회 수석부이사장 / 경기도교육청 장학관·중등교육과장, 경기도구리·남양주교육청 교육장, 평화통일정책자문회의·민주평통 자문위원 역임 / 시집『주홍감 홀씨되어』작품대상, 한국문학협회 문학대상, 전국시작품공모 최우수상(경기도지사상) 2회, 대통령상, 청소년대훈장, 황조근정훈장외 다수

# 봄, 봄 / 김종억

흐드러진 벚꽃잎 버들가지 낭창낭창
가슴에서 이순을 뺀 노부부
세월의 벤치에 앉아 빙그레 웃으시네
열사의 나라 중동에서 고생하셨지~예
보릿고개 자식농사 더 힘드셨지 ~험

시인, 수필가, 사진작가/ 월간 순수문학 수필등단 / 한국문학신문 시 등단 / 인천 영종초등학교
4대 총동문회장 / 서울 중구 문인협회 자문위원 / 사)한국문학협회 상임이사 / 서울시 주최 「제
2회 수필이야기 공모」 입선 / 독자가 뽑은 감동상 수상(2017 이투데이 PNC) / 한국문학신문
수필부문 최우수상 수상(2020) 저서『별빛사랑』외 다수

# 봄 / 思誠 김종연

너 때문에
뜻 모를 사랑이 밀려와
본능에 젖어 부풀던 꽃가슴
말없이 터트리면
내 가슴엔 새순이 돋는다.

아호 : 思誠(사성) / 시인, 시낭송가, 시치유연구가, 작사가, 가수, 대금연주자 및 제작자 / 목사,
신학박사, 신학교수, 노인대학강사, 시창강사 / 수상 : 현대문학상, 종로문학상 / 시집『하늘도
화지』,『쉼터』외 동인지 다수 / 노래 :「첫사랑그대여」,「하룻길」,「스위치를 켜주세요」,「인생
길에서」외 다수

# 새봄 꽃을 보며 / 김종원

웃음으로 피운 열정은 꽃
열정은 고목에도 꽃을 피우나니
첫사랑처럼 그대 열정을 장전하면
인생 의미의 새봄 새순은
영원한 청춘의 꽃을 불꽃처럼 피우리.

1949년 전북 장수 출생 / 호 만은(晩隱) / 연세대교육대학원 국어교육학과 졸, 석사 / 서울특별시 중등 국어교사 / 경동고 교장 역임 / 시, 시조, 수필 등단 / (사)한국시조문학진흥회 부이사장, 현대시인협회 이사 / 『성동문학』 창간, 시집『당신을 알고부터』 등 6권 外

# 양수리 철쭉 / 김종일

불긋불긋 철쭉들
초록초록 양수리
아름답다 못해 사랑스럽다
나는 봄이 되어줄 테니
너는 봄답게 살아라

# 봄마중 / 김진열

봄 오는 소리에
선잠을 깨어보니
부시시 기지개 켜고
꽃망울 터뜨린다
산수유 먼저 알고 배시시 웃고 있다.

대구경일여고 교사(36년)역임 / 《수필과비평》수필등단(2019) / 월간 《국보문학》디카시 문
학상 수상(2023) / 대구매일신문 사진공모 입선(2021) / 현: 한국시텃치 협회회원 / 수필과
비평회원 / 대구 수필가협회회원 / 한국국보 문인협회정회원 / 대경국보문학회부회장 / 시인
마을 동인

# 제비꽃 / 秦亭 김진중

강남 갔다 오신다더니 벌써 오셨나
지나는 해님께 인사하는 세 자매

넓은 세상 좋은 자리 모두 양보하고
척박한 돌 틈새 비집고 똬리 틀어
오가는 이들 마주 보며 마스크 대신 귀에 건 입술

《현대계간문학》시부문 신인문학상 수상 등단(2020) / 연세대학교 관리과학 대학원 고위 관리자 과정 수료 / 사)한국문학협회 회원 / 현대계간문학작가회 회원 / 前)주민자치위원회 위원장 / 前)주식회사 부일전설 대표이사 / 前)로타리클럽 회장 / 2022년도 제주도민 시공모전 최우수상 수상

# 성산포에서 / 김찬옥

봄을 가로질러 가자
쪽빛 바다가 활짝 열렸다
바다 건너 섬도 자리를 털고 일어났다
섬 하나, 나 하나, 구름 통신도 거치지 않고
서로의 적막한 손을 따뜻하게 잡아줄 수 있었다

전북 부안 출생 / 96년 《현대시학》을 통해 작품 활동 시작 / 시집 『벚꽃 고양이』 『웃음을 굽는 빵집』 등

# 동구릉의 봄 / 楸亭 김창운

찬란한 아침햇살
푸르러 내려앉고
생전의 위엄 호령
되살아 푸르구나
잠을 깬 청사의 영욕 세천 잔성 애달프다

※세천잔성 - 산 계곡의 좁은물줄기 소리

한국문학협회이사 / 강동문협회자문위원 / 한국문인협회 숲문화개발위원 / 구리시 상록봉사단 고문 / 경기도교육청재능기부자문위원 / 수필집『비와 바람 그리고 여명』, 공동문집『하늘집 사랑채』, 시조집『회심』발간

# 봄꿈 / 김철수

꽃길을 걷는 이의 여유로운 뒷모습
그 뒤안길 삶의 희로애락
담쟁이는 알고 있을까?

운무 자욱한 하늘 솟구치는 공원 한 칸 집착
인생길 봄 지나도 쉴 없는 봄꿈

호:동심(童心), 문학박사, 평론가, 동심문화예술연구소 대표 / 계간『동심문학』발행인 / 경남신
문신춘문예(94) / 월간《아동문예》동화당선 / 월간《문학공간》평론당선 / 계간《조아문학》시
조신인상 / 동시집『동심의 시 시시한 시』, 동요집『어린이 나라』외 동화집, 평론집 등 40여 권
/ 한국아동문학작가상, 제1회 치유문학상 디카시부문 대상 외 다수

# 신록의 언어 / 김초원

바람이 끌고 온 파란은
광장 속의 별꽃 부활
연둣빛 풀잎은 새로운 순수
쌓이는 봄색 언어에
수줍게 차려진 나

동아대학교 정치외교학과 졸업

# 봄날 욕정 / 김춘자

봄 잔치에 초대된
벌나비

꽃술에 취해
음주 운전 속도위반

강원도 삼척 출생 /《신문예》詩부분 등단(2024년) / 은점詩문학회 회원 / 한국신문예문학회
회원 / 내비게이션 동인 총무

# 춘화 春花 / 도우 김충록

살다가 살다가
내일 죽어도
한 송이 꽃으로 피어나
그대만을 사랑하리

경남 진주시 출생, 현 제주시 거주 / 다음 문학카페 "향기있는 좋은 글" 카페지기 / 월간《국보문학》시분과 이사역임 / 조협문학회 정회원 / 한국문학 회원

# 회회나무 / 김태근

지치고,
눈물이 나는 날엔
내 어깨에 기대어 울어도 괜찮아
내 어깨를 즈믄해까지라도 내어 줄게
그대 가슴속 상처가 연두꽃으로 필 때까지

한국문화예술교육원 원장 / 국문인협회 회원 / 산청문인협회 사무국장 / 시인, 시낭송강사, 문
학심리상담사, 문학석사 / 대한민국 시낭송대상 수상자 모임 알파크 사무국장

# 꽃 / 김태연

네가 나라면
이 미소를 이해하겠느냐
세상 어디에나 피울 수 있는 가능함으로
내 속 깊은 사랑이다
너를 위한 나의 희망이다

부산 영도 생 /《문학고을》시, 수필 부문 신인상 수상 /《문학고을》제1.2.3.4. 선집 공저 / 열린
동해문학 작가 문학상 수상 / 한국 문인협회 회원

# 목련꽃 / 김현숙

부귀영화도 한때구나
화려한 날도 잠시구나
달빛에 환하던 그 꽃잎
지금은 다 어디로 갔을까?
삶이 일장춘몽이었네

후백 황금찬 문학상 본상 수상 / 독도 문예대전 특선 당선 / 한국문인협회 서울지회 이사 역임
/ 강서문인협회 재정국장 역임 / 중앙대 문인회 이사 / 국제펜 한국본부 회원 / 한올문학가협회
사무차장 / 칼럼니스트

# 일상日常 / 김현안

선사禪師들은
아침이 저녁의 끝이요
운행雲行하는 그곳도 그와 같음이요
사람 사는 것이
어제가 오늘이요.

시인, 수필가, 소설가 등단 / 한국문인협회(동작) 회원 / 현대문학사조 문인협회 회원 / 조지훈 문학상 시부문 수상 등 / 시집 『그리움으로 부르는 노래』 『술취하면 그대 떠올라』 등 / 전) 대기업 근무 / 전) 방송국 근무

# 호수에 빠진 봄春 / 草祐 김형애

연녹색으로 늘어진 수양버들님들
산등성이에 핀 노란 개나리 아씨들
연분홍에 수줍음 물고 온 벚꽃들

사랑의 몸살, 고열高熱로
호수 속에 빠져 식히고 있다

시인 & 수필가 / 연세대학교 연세의료원행정실장 역임 / WHO(세계보건기구)국제회의 한국대
표 역임 / 국제PEN한국본부 국제교류위원회 위원 및 이사 / 한국기독시인협회 감사, 한국수
필문학가협회 이사

# 봄이 오는 길목 / 웅비 김효태

봄꽃 여신 냇가의 양귀비
춤추고 노래를 하듯
내 안의 향기는 떨림으로
삶의 퍼즐을 맞추는 영혼
윤슬로 반짝, 반짝거린다.

국가 유공자. 대통령표창 / (사)한국문학협회 자문위원 / (사)세계문인협회 부이사장 / (사)한
올문학작가협회 부회장 / 아태문화예술총연합회 자문위원장 / (사)한국문인협회 정회원 / 대한
민국예술문학 세계대상, 국가안전기획부장 표창, 주월한국군사원조단장 표창 / 시집『삶의 언
덕에 꽃등이 켜질 때』등 8권 상재

# 자목련 / 웅비 김효태

파란 하늘에 수놓은
자홍빛, 눈부시다
봄 처녀 젖가슴 봉긋하듯
곱디고운 자태로
거안제미 되려는가?

국가 유공자. 대통령표창 / (사)한국문학협회 자문위원 / (사)세계문인협회 부이사장 / (사)한
올문학작가협회 부회장 / 아태문화예술총연합회 자문위원장 / (사)한국문인협회 정회원 / 대한
민국예술문학 세계대상, 국가안전기획부장 표창, 주월한국군사원조단장 표창 / 시집『삶의 언
덕에 꽃등이 켜질 때』등 8권 상재

# 할미꽃 / 김 희

세월강 한탄하는 초로한 사연
벗님네들 무한 퍼즐 어쭙잖아 짝짜꿍
어쩌랴!!!
허름한 모가지만 맬겁시 서글플꼬

광주 문인협회 회원 / 광주 시인협회 회원 / 호남시조협회 회원

# 진달래꽃 / 김희목

봄바람에 흩날리는 진달래 향
분홍의 꽃망울이 다홍치마처럼
봄날의 아름다운 그 향기여
내 마음에 영원히 남아서
행복한 추억으로 피어나네

춘천출생. 호는 해광(海光) / 한국방송통신대학교 농학과 졸업 / 한국벤처농업대학 수료, 한국
약초 대학 수료 /《현대계간문학》수필부문 신인문학상 수상, 등단(2022) / 사)한국문학협회
회원 / 구인 문학회 동인 / 현) 한국방송통신대학교 강원지역총동문회장(22대) / 현) 채미가 농
장 대표 / 현) 한림대학교 경영대학원 MBA(석사과정)

# 이팝나무 / 나영봉

태백산맥 준령의 산마루 동네는
햇볕조차 여우꼬리만큼 짧았다
보릿고개 넘느라 고달픈 세간
여든에 우리 곁을 떠난 어머니
수북한 쌀밥 지켜만 보고 있다

한국방송통신 대학교 국어국문학과 졸업 /《한비문학》시부문 신인문학상 수상 / 한국문학신
문 기자 / 천등문학회 본상 수상 / 한국문예 문학대상 수상

# 인생 신비경 / 남궁영희

봄 햇살로 몸녹이고 철쭉향 따라
굴곡진 인생길 급강하할 때
한탄하지 말라
무지개 울타리 두르며
인생 신비경 펼쳐지는 순간이나니

《기독교 문예》 시부문 신인 작가상(2015) / 세계 문학 우수 작가상(2022), 손곡 문학 대상 (2022) / 《쉴만한물가》 작가회 수필부문 신인 문학상(2022) / 제 1시집 『오늘도 꽃을 피우는 그대에게』 2022

# 느른한 봄날 / 남선현

마알간 물감 파란 하늘 뿌려 놓고
흩어진 꽃가루 마음에 젖어 들면
산 그리메 수놓인 오색 밀려와
느른한 초록바람 연둣자락 휘젓고
임 그린 물그림자 봄을 담고 있다.

전남 고흥 출생 / '87년 舍廊文學 무크지로 작품활동 시작 / 개인시집『빈독골 가는길』외 5권 /
공동작품집『얼음에 잠긴 별빛을 보며』외 다수 / (현)고흥작가회장

# 매화 / 도경애

어제 내린 잔설
꽃 볼에 봄바람 수줍고
매화 향 짝지은 벌.
보송보송 탐스러운 매실

《현대계간문학》 2020년 / 신인 문학상 수상, 등단 / 열린시서울 회원 / 한국문학협회평생교육
원 시창작반수강 / 군포평생교육원 시낭송회원

# 인내 / 도분순

애잔한
보랏빛 제비꽃이여!

비바람이 앉은자리에
너의 꽃을 피웠구나

2017.11《대한 문학세계》신인 문학상 수상 / 대한 문인협회 대구 경북 지회 정회원 / 한국 문인
협회 봉화지부 정회원 / 영주 문예대학 11기 졸업 / (현) 봉화 시낭송가로 활동 / 수상 2018.10 대
한문인협회 대구경북지회 향토글짓기 경연대회 동상 / 2023.12 봉화 예술제 최우수상 수상 /
공저) 한국 낭송문학 문예지, 문학 어울림 동인지 2, 가을문 동인지 외 다수

# 봄을 먹었다 / 라춘실

쑥 향 듬뿍 넣어 국 끓이고
씁쌀한 머위 잎 찜통에 쩌서
모락모락 밥에 얹어
양 볼 가득 봄을 먹었다

황해도 사리원 출생 / 계간《화백문학》2020년 시부분 등단 / (사)한국문학협회 이사 / (사)한
국산림문학회, 화백문학, 한미문단 회원 / 송산시문학동아리 부회장 / 시집『나도 다섯 살 아이
였다』『고향이 없다던 아이』/ 동인지『나의 향기를 찾아서』6권

# 숲속 음악회 / 류미월

초록 관객이 만석이다
새들이 노래하고
봄을 연주하는 분수
조각상도 까치발하고 귀를 기울인다

단국대학교 대학원 문예창작학과 졸업. 문학 석사 / 2008년《창작수필》등단, 2014년《월간문학》시조 등단 / (사)한국문인협회, (사)한국수필가협회, (사)한국시조시인협회 이사 / 심호문학상 작품상 수상, 가람시조문학 신인상 수상 / 산문집『달빛, 소리를 훔치다』/ 시조집『나무와 사람』

# 민들레꽃 / 류호준

양지바른 언덕에 노란 민들레
봄바람 살랑살랑 벌나비 향연
노랑나비 흰나비 너울너울
이 마을 저마을에 봄소식 전하네

서울 과학 기술 대학교 산업대학원 기계 설비 최고 전문가 과정 수료 / 인천 광역시장: 표창장 /
대한민국 안전대상 경향신문사사장 상장 / 대한민국 환경 문화 공헌대상 / 서울특별시장 표창
장 / 서울특별시의회 의장 표창장 / 동대문 경찰서장 감사장 / 동대문구 구청장 표창장 / 서울시
아리수 체험수기 우수상 / 환경부 장관 표창상

# 입양 / 맹태영

따듯한 물을 먹이고
가만히 이불을 덮어 주었죠
새근거리며 잠든 반나절 사이
세상은 봄이 되었습니다

동의대학교 미술학과 졸업 / 2016《신문예》시 부분 등단 / 한국문인협회 정회원, 부산문인협회
정회원 아태문예문학협회 부이사장 / 2017년 제2회 아태문학상 수상 / 2017년 제2회 하이데
거문학상 수상 / 2019년 제10회 경남청소년지도자 문학대상 수상 / 2021년 제2회 하유상문학
상 본상 수상 / 시집『소고기국밥』『꽃방귀』『5월의 당신께』 외 동인지 다수 / 2022년 제5회 천
성문학상 장려상수상 / 2023년 국회의원 표창장「詩가 있는 부산」

# 오월의 아가씨들 / 명순녀

봄 처녀들
총각 선생님 오셨다는 소문에
입술연지 빠알갛게 바르고 살랑살랑

인천 강화 출생 / 한국 방송통신대 국문과 졸업 / 경기 광주문인협회 회원 / 2014) 경남일보에
디카시 「묘지명」으로 이름을 알리며 작품 시작 / 2019) 『 3.1운동 100주년 경남 고성 배둔 장
터 디카시공모전』 「빼앗긴 땅」 입상 / 2020.6) 《한비문학》 신인상에 「춤추는 시인」 외 2편 당
선으로 등단 / 2023.7.8) 제 9회 대동강 문학상 수상 디카시 금상 / 2024.5.13) 신사임당의 날
기념행사 시 부분 입상

# 당화 / 竹泉 모상철

붉어진 입술 햇살에 내주고
목젖이 보이도록 웃어 준다
톡톡 움트지는 싱그러움
연둣빛 옷깃을 여미니 달궈진
속살을 바람에 맡긴다

고양시 거주 / 아호: 죽천竹泉, 경산卿山 / 백제문학 경기북부지회 고문 / 문예춘추 문인협회 부
회장 / 한국문예작가회 부회장 / 신문예문학회 자문위원 / 인사동시인협회 이사 / 아태문인협
회 지도위원 / 대륙문인협회 이사 / 저서 『3분의1언저리의 흥얼거림』 등

# 빅뱅 / 문창진

봄님 오신다는 소식에
얼굴은 발그레
가슴은 콩닥콩닥
어쩌면 좋지
참다가 터져 버린 사랑

경희대학교 의과대학 특임교수 / 헤럴드경제 객원칼럼니스트(2012-17) / 한국사진문학협회
정회원 / 재2회 한용운신인문학상 / 제7회 한국사진문학상 / 제2회 농업농촌 국민디카시공
모전 최우수상 / 제2회 시인투데이 사진문학 신춘문예 최우수상 / 시집 『당신은 봄입니다』
(2022), 디카시집 『세상만사』(2023)

# 삶의 향기 바람을 타고 / 해솔 민원기

초록으로 싱싱한 봄날
벚꽃의 향기로
매 순간 미소로
하얀 웃음으로
마음과 마음을 잇는다

부산 출생. MBTI-ISTJ / 전)한샘학원 대표원장(입시,보습학원) / 전)여행사 대표 / 현)KIPA 한
국심리적성연구소장(심리상담사1급) / 수필집『삶과 인연에 감사하며』출간 /《문학고을》신인
문학상 수상 /《문학고을》등단 시 부문 우수작가상 수상 /《문학고을》자문위원, 부울경지부 부
지부장 / 공저『문학고을 시선집』(제12집, 제13집)

# 틈새 사랑 / 민정엽

돌축대 틈 사이로 가는 기린초가 자란다
어디든 틈이 있는 곳으로 달려가는
저것도 사랑의 자세이리라
사랑한다면 어디든 찾아가지 못하랴
이 봄 저 틈샌들 노란꽃 피우며 찾아가지 못하랴

1965년 충북 청주 출생 (본명: 민정희) / 1988. 2. 충북대학교 국어교육과 졸업 / 1988. 3. 보은여중 발령 이후 충북에서 교사로 33년 1개월 근무 / 2021. 제60회《열린시학》신인작품상 현상공모 당선(신인작품상 수상) / 2022. 2. 명예퇴직

# 봄맞이 / 박경숙

언제 온 거니 얼마나 기다렸니
살며시 왔니 갑자기 왔니
봄, 네가 내 앞에 와 있었는데
왜 이제야 널 보러 온 건지
작년 봄과 같은 모습 또 새롭고 설레

2023 문예 창작반 수강(화서 2동 주민자치프로그램) / 2023 나의 비타민 에세이 쓰기 수료(팔달 문화센터) / 2024 나의 비타민 에세이 쓰기 수강 중(팔달 문화센터) / 2024 행복한 글쓰기 수강 중(수원시 글로벌 평생 학습관)

# 하얀 민들레의 고백 / 솔뫼 박경희

화려한 군무의 유혹도
찰거머리 포옹도
허락하지 않겠다
천연 기념물이 될지언정,
노오란 화려함보다는
순수 백의 혈통 지키리라.

이화여자대학교 졸업 / 덕성여대 문창과 2년 수료 /《계간 뿌리》수필 등단(2009년) /《월간 시문학》시 등단(2010) / 시집『하늘을 바라보면 배가 고프다』외 동인지 약 20권 / 현: 한국 현대시협 위원, 시문학 아카데미 위원, 문학의 숲 이사, 신문예 편집장

# 산철쭉 / 지당 박명희

겨울잠 깨
봄을 안고 와 방글거리네
길손 마음 훔쳐 놓고
너무 좋아 설렌다.

한국문학협회이사 / 시, 수필 국보등단 신인상 수상 / 대한민국문화예술 명인대전 / 수필명인상
수상 / 한국 수자원 공모전 수상 / 제주환경체험공모전 최우수상 수상 / 한국문학협회 문학대
상 / 국보문학 동인지, 내마음의 숲 / 한국문학 나를 깨우는 시

# 수선화 / 박사브리나

조용히 숨어 피었네
5월의 호숫가의 초록 갈대숲에서
노오란 자태
깊이 들이쉰 호흡에
스며드는 너의 향기

클래식 음악 작곡가, 오페라 칼럼니스트, 시인 / 오페라와 영화음악 강의 / 영국 Hounslow
Music Service 교사 역임 / 중앙대음대와 연대 교육대학원 음악과 졸업 / 영국 얼스터대 음악
큐스와 런던대 PGCE 수학

# 철쭉부케 / 박순옥

산빛 물빛 고운 봄날은
내가 결혼한 달
5월이 울긋불긋 꽃등을 켜고
철쭉부케를 들고 온 날

한국문인협회 회원 / 청옥문학협회 부회장 / 서정문학 시인상(2015) / 김어수문학상 우수상
(2020) / 사)한국문인협회 이사장 표창장(2022) / 한국 꽃문학상 수상(2023) / 시집『커피 내
리는 아침』『머문자리 꽃자리』『사람도 풍경이 된다』/ 동시집『달빛』

# 카네이션 꽃바구니 / 박연숙

설렌다 카네이션 꽃바구니 보니
누구를 기다리나
엄마의 진분홍 습자지 꽃처럼 화사한 사랑
나는 엄마를 얼마나 그리워하며 살았던가
엄마의 사랑을 깊이 혜윰하는 오늘

홍대교육대학원미술교육과 졸업 / 시인, 화가, 시낭송지도자 / 개인전및 회원전 60회 / 헤밍웨
이 문학상 / 강감찬 온라인 백일장 최우수상 / 한용운문학상 / (사)뉴월드시니어모델

# 봄맞이 신부 / 남계 박영희

분홍 치마 노랑 저고리 뭉게구름 족두리 쓰고
내 뜰에 핀 새봄맞이 화려하다
바람에 날려 봄 춤추니
축하객 산새들 합창
동네방네 신바람 났네

2007년 월간지 《한맥문학》에서 시 등단 / 『동이정골』 시집 출간 / 한국문인협회 회원 / 양평문
협 회원 / 수필동아리에서 수필 공부와 양서면 두물머리 시문학에서 시 공부중

# 아욱메풀 / 박예수

서귀포 새섬 봄 둘레길
삼 미리밖에 안 되지만 풍채가 있다
듣도 보도 못한 아욱메풀
오래오래
자리를 지켜 주어라

종교철학연구소

# 다독이며 타이르며 / 박예준

당신 없이 섬진강 대숲길을 걸었습니다
당신이 앉았던 자리에 그리움이
고요히 앉아 있습니다
소용돌이치며 솟구치던 그리움이 이제는
침잠하며 유유히 내 속에서 흐르고 있습니다

대졸 / 정보기술연구원 근무 / 인터뱅크 임원 / 본아이에프 임원 / 본앤본 대표 / 미스터빈 코리아 대표

# 하늘빛 부처님 / 박종길

부처의 세계를 그리면
수직일까 수평일까?
불로장수 독약 찾아 헤매는 중생들
간절하게 애절로 기도드리며
하늘 우러른 경천사 십층 석탑

# 진달래 / 박주곤

보릿고개 시절
뛰놀며 즐겨 먹던 참꽃
새봄 나를 부르는
엄마의 입술이다.

2011.《월간한울문학》시인 / 첫 시집『떠나듯 머물다』 / 제2시집『천전리 암각화』 / 한국문협
인천지회회원 / 방송대 국어국문학과 재학

# 별꽃 / 박춘희

생각 없이 피는 꽃은 없다
모진 비바람 속에서
땅 짚고 일어서는 허리가
기어이 봄을 들어 올린다
세파에 시달림이 클수록
사랑을 받을 줄도 안다

성환 와룡리 출생 / 경희사이버 문예창작과 재학 / 시인, 동시작가, 시 낭송 강사 / 전국 시 낭송
심사위원 /한국문인협회 회원 / 충남문인협회 이사 / 아산문인협회 임원 / 마사회 재활수기공
모전 수필수상, 독도문예공모전 10회, 13회 수상, 전국시낭송대회 최우수상, 대상수상 / 서서
『언어의 별들이 쏟아지는』

# 상춘객 / 박현경

사람들 얼굴에도 꽃이 피는 봄, 봉은사 홍매화
돌아왔다는 소식에 달려갔다 꽃에 취한
그의 모습에 반했다 삶의 여백처럼 다가온
그가 내 마음 높이 차오를 때 기다리지 못하고
꽃잎처럼 떨어졌다 사랑은 서로의 삶을 포개는 일

《현대수필》등단 / 계간현대수필 운영이사 / 수필집 『나는 사랑나무입니다』『하얀동백』

# 곡우穀雨 / 박형서

빗물 넉넉하니
울창한 쉼 그늘
만들어 갑니다

충남 조치원 출생 /《한맥문학》詩등단

# 효과 / 박효수

벌금 경고판이 있을 때도
침과 꽁초가 있었다
바로 옆 척박의 모서리에
엉겅퀴 한 아름 웃고 있을 때
사라진 꽁초와 침


보험설계사 9년 차

# 연인 / 배택훈

하나는 너
또 하나는 나
부드러운 살결이
서로 맞닿을
첫날밤을 기다리며

공학박사, 한국예술인 복지재단 예술인 증명, 시인 / 사단법인《한국산림문학회》수필등
단(2000), 시등단(2001), 이사 · 운영 · 편집위원(2021~2023) / 신세계 문학 운영위원
(2022~2023) / 평택 박석수 시인 기념사업회 운영위원(2023~현재)

# 모란이 필 때면 / 백승운

그리운 하늘가 환하게 웃으시는 모습으로
자식의 부귀영화와 행복만을
손이 닳도록 기도하신 어머님
모란이 필 때면 천국에서 일 년에 하루
반갑게 찾아오시는 어머님을 뵙습니다.

2019년 2021년 지하철 승강장 게시용 시 공모전 당선 / 한국문예작가회 감사 / 대한문인협회 행정국장 / 시와창작 사무총장 / 2023년 시집『가슴을 열고 심장을 훔치다』출간 / 2023년 한국문학 베스트셀러 작가상 수상

# 개구리의 봄 / 변상복

봄볕 쬐는 참개구리
토실토실한 뒷다리, 몸통
잔디에 쏙 감추고
주변 동태 살핀다.

연분緣分, 언제나 올까.

한국방송통신대학교 졸업 / 前 공무원(명예퇴직, 녹조근정훈장) / 울산지역사답사회장(현) /
울산북구문화원 부설 지역학연구소 위원(현) / 저서『울산우정123년사』협진인쇄, 2021 / 공
저 울산저널『울산 문화유산 답사 40마당』밝은세상, 2023

# 웃음꽃 / 서교분

장애인 순박한 딸의
하얀 얼굴이 예 와서
지나는 길손들께
함박웃음 터뜨리네

《국보문학》수필 등단(2020) / 사)한국문학협회 회원 / 정보기술자격, 심리상담 1급, 사회복지사 1급, 꽃꽂이 사범 / 김수환 추기경 공로패(1978), 국보문학 옥당문학대상(2020), 미래교육원 공로상(2021) 외 다수 / 수필『그것은 고통이 아니고 은총이었습니다』외 다수 / 시집『창가에 서서』외 다수

# 사랑의 꽃밭 / 서정욱

눈꽃과 추위 속에 피어 있는 동백과 매화는 엄마 아빠 꽃
이른 새벽 고개 숙여 피는 노란 수선화는 부끄럼 많은 누나 꽃
여리게 피는 붉은 자운영과 하늘색 큰개불알꽃은 나의 놀이 꽃
노란 민들레는 아가의 웃음꽃
나의 가슴은 일년 내내 우리 가족 꽃만 피는 사랑의 꽃밭

창원 출생, 경남대학교 대학원 졸업(정치학박사) / 경남문인협회 사무차장 / 사단법인 문창문화
연구원 이사 / 월간《문학세계》수필부문 신인상(2019년)

# 봄처녀 / 서정원

동장군 물러간 자리
양지바른 곳
쑥쑥 자라나는
냉이 쑥 봄나물 캐는
순이

현대작가회원 / 강남글숲회원 / 강서문협회원 / 문예사조 2012년12월호 신인상 수상 / 문예
사조 문학상 수상

# 봄꽃 / 서화경

꽃이 피어나는 건 고운 향기를 피우기 위함이다
꽃이 아름다운 건 자신을 다 내어 보이기 때문이다
꽃에 벌나비가 날아오는 건 암술 수술이 있기 때문이다
활짝 피어 웃어 주는 욕심 없는 마음 네가 아름답다
아주 낮게 피어난 키 작은 봄꽃! 그대라서 난 네가 좋다

이건청 외 지음 『좋은 세상편 간이역 간다』 서화경 「곡성역」 / 한국시인협회 사화집 나태주 외
지음 『포스트 코로나』 서화경 「코로나 19 극복」 / 경주신문 『시가 있는 세상』 서화경 「캥캥이풀
꽃」 / 한국요양신문, 서화경 「이월」 / 『시를 사랑하는 사람들』 서화경 「엉겅퀴」

# 갈매기의 꿈 / 소노벨

만경창파 푸른 파도 헤치고 달리는 페리호
구름 타고 달려온 봄, 뱃전에서 환호하고
봄바람 타고 날아온 갈매기 뱃길 따라 춤추네!
새우 찾아 삼만리, 갈매기의 꿈은 새우깡
해준이의 꿈은 한결같은 갈매기 사랑

시인, 수필가, 사진작가 / 월간 순수문학 수필등단 / 한국문학신문 시 등단 / 인천 영종초등학교 4대 총동문회장 / 서울 중구 문인협회 자문위원 / 사)한국문학협회 상임이사 / 서울시 주최 「제 2회 수필이야기 공모」 입선 / 독자가 뽑은 감동상 수상(2017 이투데이 PNC) / 한국문학신문 수필부문 최우수상 수상(2020) 저서 『별빛사랑』 외 다수

# 봄날에 / 해송 손영종

봄날에
산을 오른다.
양지바른 쪽 매실나무 꽃
나의 찌푸린 무거운 표정 보고는
봄이 그리워 피었다며
활짝 웃으며 잠 좀 깨라고 한다.

부산 동래 출생 / 시인. 수필가 /《화백문학》시 부분 신인상 등단 /《산림문학》수필 부분 등단
/ 사)한국문학협회 이사. 화백문학. 산림문학. 한국문학 회원 / 송산 시문학 동아리 회장(현) /
시집『그림자 지워지는 나무』『숲 길에 그 바람』/ 동인지『나의 향기를 찾아서』13권 / 수필집
『산마루 시 마루』

# 조팝나무 / 손은숙

진초록 잎에 하얀 튀밥을 쏟아놓았나
시골 시장입구 흰 수염 할아버지
펑하고 터지는 망태기에 가득 담긴 쌀튀밥
보릿고개 시절이 눈망울에 맴도는 날
둥그레 밥상에 둘러앉은 그리워지는 육 남매

시낭송가 / 시니어 교육 전문강사 / 제2회 현대문학신문 전국시낭송 아티스트경연대회 대상 /
전 이화여대 평생교육원 시낭송강사

# 장미 / 손정원

도톰한 아랫입술 핑크빛 환상은
많은 시선을 사로잡는 매력의 여신
고운 선을 따라가면 성숙한 여인의 몸매
에스라인도 흘러내리고
꽃잎엔 가녀린 수줍음이 고여 있다.

《현대문학사조》시인 등단, 신인상 수상 / 삼강시인회 사무차장 엮임(2년) / 한국문인 협회 회원, 한국 예술문화 협회 회원, 한국 문화 예술저작권 협회 회원, 동작 문인 협회 회원, 사무국장 및 재무국장 엮임 (2년), 공로상 수상, (현) 운영이사 / 시집:『좋은 생각』(자작나무 시집)『그냥 스쳐 지나갈 인연이 아니길』

# 일상의 기적 / 송보라

화려한 꽃들 사이에서
조용히 빼꼼히 고개를 들어
살짝 웃어 보이는 평범한 꽃이 아름답다
마치 우리네 인생처럼
소중한 일상의 기적은 이곳에서 피어난다

상담심리학과 석사 전공(직업_상담사) / 열린예술인협회 이사 / 청주시 문예협회 회원 / (사)한
국문인협회 안양지부_제26회 전국안양시낭송대회 금상 수상(2021)

# 꽃길 / 송인각

언니야
이제 우리 꽃길만 걷자

멀쩡한 길 놔두고
동생은 유채밭을 돌고 돌아
논두렁으로 앞장서 걸었다

충남 공주 출생 / 《현대계간문학》신인문학상 (2023) / 사)한국문학협회 회원 / 기업문학협의회
주관 〈기업순회 문학의 밤〉 대상 (1990)

# 어서 오소서 II / 송회영

임이여
사모하는 임이시여!
칼바람에 움츠리지 말고
새소리에 현혹되지 말고
봄향기로 어서 오소서

《현대계간문학》신인문학상 (시, 2024. 봄) / 중앙대학교 경영학 전공 / 국제라이온스 무궁화
사자대상 금상 수상 / 『붉은 사과는 향기를 담고』 시집 출간 / 전) 고촌주민자치회 자치위원 /
전) 국제라이온스354-C 지구 라이온 사회봉사활동 / 다음카페 "향기있는 좋은 글방"에 319
자작글 및 발표

# 어디든 몽블랑이다 / 신애경

충분히 꿈을 노래하고
설렘으로 아침을 시작하자
감사로 마무리하는 하루
무엇을 원하는지 가슴에 묻는다
북배산 하늘에 총총히 박힌
별빛을 그대와 함께 보고 싶다

청봉 / 1959.8 (음) 년생 / 1978년 이화여고 졸업 / 1982년 방송대 법학과 입학 / 숙박업, 음식
업, 속셈학원 운영 / (사) 대한숙박업 용산구지회 사무국장

# 난놈 / 신윤라

모두가 말한 어둠은 온실이었다
나만의 비밀은 따로 있었지
불씨는 내 안에 있었다

영월 출생 / 2013, 계간지《제3의 문학》등단 / 춘천 빛글,문학회 회원 / 춘천문인협회 회원 /
춘천 시를 뿌리다 회원 / (사) 한국문인협회 회원 / 춘천공감시낭송회 회장 / 서울경기지회 평
생교육 지도자과정 수료 / 춘천 수향시 회원, 춘천 여성문학회 회원 / 시집출간 1, 2, 3, 4,집 출
간 했음

# 벚꽃 향기 / 신전호

인왕산 기슭 아래 봄바람을 타고 온 봄처녀들아
세종정신을 이어받은 청기와 사람들
개나리,진달래,벚꽃이 만발한 청와대 분수대
그윽한 벚꽃 향기를 풍기는 그대를 사랑하리라

2024년 한불문학상 / 2023년 시가 흐르는 서울 월간문학상 선정위원 / 2017년 통일부 통일사
행시 우수상 / 2010년 청계천 문학회 부회장/이사 / 2010년 청계천 백일장 장려상

# 배려 / 신현규

장미가 옹알거린다
만개의 질서는 천년의 봄이 와도
서로 다투지 않은 건
샘하지 않는
찬란한 배려의 향기라고!

주)나무와아저씨 이사 / 세계환경문학협회 상임이사 / 한국문인협회 회원 / 용인문인협회 회원
/ 한국인사동예술인협회 시가모(정회원) / 심리상담사

# 금낭화 / 신현석

집 마당 머루 포도 그늘 밑에
주렁주렁 줄지어 곱게 피어나면
그 향기 바람결에 흩어져 와
내 마음도 담아 따라갑니다

1968년 경기도 이천 출생 / 서울 사이버대학교 건축공간디자인학과 졸업, 문예창작과 전공 /《
현대계간문학》시부분 신인문학상 등단(2023) / 사)한국문학협회 회원 / 웹 스토리작가 자격
증 취득

# 봄 / 소야 심미서

푸르른 하늘
초록빛 수풀과 저 들
노래하는 새
시원한 바람에 숨결
모두 아름다운 부활의 향연

계명대학교 사회복지심리학 / 전국문인화입상 / 전라남도무등대회 동상 외 다수

# 봄눈 / 안정선

눈이 소복이 쌓였어요

늦가을 이른 눈 오듯
이 늦은 봄에도 오나 봐요

하도 좋은 냄새가 나서
눈이 아닌 줄 알았어요

전)서울중등학교 교장, 현)연극배우 / 한국아동문학인협회 회원 / 한국통일문인협회 회원 / 한국동심문학회 회원 / 아태문인협회 회원 / 송파문인협회 회원 / 안곡문학연구회 회원 /《아동문학사조》신인문학상(동시조 부문) /《한국동심문학회》신인문학상(동심디카시 부문) / 공저『눈꽃 여행』『도란도란』『중랑디카시』

# 오월 만큼은 / 안중태

우리
오월만큼은
아픔도 푸른 잎새로
씻어 내어 살자

경북 출생 한국방송대학교 국문학과 / 한국문학협회 회원 / 2021 황금찬 문학상 수상 / 2007
년 월간《문예사조》시부문 등단

# 수선화 / 안향신

사랑 한가득 웅덩이 안겨
필락 말락 노란 냄새 피었다
웃음 한 사발
너를 보아서 너를 보내서
봄날의 햇살은 오고 있다

2022년 문헌서원창작아카데미 1기 / 2023년 세월호9주기 자작시 낭송(시간이멈춘자리) /
2023년 10.14 가을행복 북콘서트 자작시 낭송(너도나처럼) / 2023년 문집 출간 『조금더깊이
읽기』 / 장항시문학회 총무

# 봄비 찬가 / 엄기웅

밤새 봄비가 새벽을 깨운다
풀잎에 맺힌 빗방울
우주의 신비를 머금은 구슬은
목마른 생명을 소생하고 대지를 적시며
이 봄 푸르름을 끝없이 풀어놓는다

시인, 춘천 꽃누리농원 가드너&플로리스트 / 금오공대 기계공, 컴퓨터공 졸업 / 해군 사관후보
생(OCS) 98기 중위 전역 / 한국문학 회원 / 춘천문협 회원 / 금오공대 신문사 문학상 수필 가
작(2001), 소설 가작(2002) / 2022년《현대계간문학》시 신인문학상

# 진달래꽃 / 오건민

새벽 여명 속에 아름다움 발산하고
가슴 깊숙이 흔적 남기고 가시려나
도도하게 흐르는 한강을 품에 안고
아련한 그대의 활짝 핀 꽃망울을
바라보는 것도 가슴 시립니다.

# 하나 되어 / 오경화

장미꽃 어쩐지 외골수로 보여
안개꽃 많아도 흩어져 그냥 그래
자 손잡고 어깨동무 뭉쳐 볼까나
붉은 장미 중앙에서 지휘하시게
추어주고 살펴 주니 서로 폼 나네

강사 / 1974년 제주도 출생 / 서울과학기술대학교 문예창작과 졸업

# 하얀 목련 / 오덕환

봄노래에 기지개를 켜는
나무에 달린 연꽃
하얀 미소를 머금는다
소리 없이 어두운 가지를 밝히듯
소망의 빛으로 청순하게 말을 건다.

인도 Sikkim Manipal University 사업관리 석사 졸업: MBA 취득 / 한국문학협회 문학한국
작가회장 / 명예기자 / 건설교통부 장관상 2회 수상 및 대통령상 수상 / 문학한국문학대상 수
상 / 포에트리 문학상 시낭송 대상 / 한국문학협회 문학대상 수상 / 서울특별시 강남구의회 의
장 감사장 수여 / 강남구청장 감사장 수여 / 서울특별시 경찰청장상 수상 / 저서『인생의 추임
새』『가야 할 길』

# 바람꽃이 되다 / 오솔길

흐르는 구름이 옷을 걸어 두지 않듯
머물지 않는 신발을 신고
구석진 골목, 꽃으로 태어나
모든 것 다 내려놓고
잠시 쉬었다 가는 것도, 바람이 할 일

본명: 장만순 / 2009년 포이에마 창작 문학 신인상

# 덕릉고개가는 길은 / 오수인

꽃으로 꽃으로 앞산을 건너서 가네
산수유 진달래 산벚꽃 그리워
한 서린 옛길은
언제나 홀로 시오리 길
찬란한 그대 이름이 봄인 것을

종합문예 유성 신인 문학상 등단 / 종합문예 유성신문 2024년 신춘문예 공모전 시부문 금상 수
상 / 노원문인협회 정회원

# 너를 보며 / 지향 오순옥

가여운 넌
밤새 찬비로 옷을 기어 입고
온몸으로 사랑을 고백하며
하나의 잉태를 위해
눈물로 토해 내는구나!

시인,수필가,낭송가 / 한국문학협회 이사 / 아태문화예술총연합회 용인지회장 / 서울미래예술협회 낭송부회장 / 한국을 빛낸 2019대한민국충효대상 / 서울시 표창장(오세훈시장)문학 / 윤동주별문학상 / 사)한국문학협회 문학한국 대상

# 수선화 꽃이 필 무렵에 / 오유미

눈이 녹아서 수선화 꽃이 필 무렵
하늘 위에서 열린 음악회
용의 등은 무대가 되고
작은 아기 새들은 싱그럽게 지저귀며
즐겁게 봄을 맞이하네

# 또봄 / 용금자

피고 지는 세월 속에
나는 고목 되고 너는 새 숨 되고.
새 숨 되고 고목 됨이
천지의 명인 것을
바람 되어 알았다

강원도 홍천출생 / 춘천거주 / 한국방송통신대학교 문화교양학과졸업 /《현대계간문학》시 신
인문학상 등단(2023) / 사) 한국문학협회 회원

# 진달래 / 우금지

봄의 분신
봄을 노래하고
생의 찬가를 부른다
비탈진 약산에 앉아서

서울신학대학교 졸 / 어린이집 교사 / 피아노학원 운영 / 북데일리 글쓰기 훈련소 수료

# 경회루 봄 꿈 / 운 해

경회루 지붕에 내려앉은 춘설春雪
춘래불춘래春來不春來라
봄을 시샘하는 춘설은 고요하고
황룡주黃龍舟 풍류월색風流月色 낭창한데
운평 홍청의 노랫가락은 깊이 잠들었네.

시인, 수필가, 사진작가/ 월간 순수문학 수필등단 / 한국문학신문 시 등단 / 인천 영종초등학교
4대 총동문회장 / 서울 중구 문인협회 자문위원 / 사)한국문학협회 상임이사 / 서울시 주최 「제
2회 수필이야기 공모」 입선 / 독자가 뽑은 감동상 수상(2017 이투데이 PNC) / 한국문학신문
수필부문 최우수상 수상(2020) 저서 『별빛사랑』 외 다수

# 저녁노을 / 초심유영철

떠오르는 일출로 오늘을 시작하고

뜨거운 정열로 불태워 버린 하루
지친 눈 뻘겋게 물드는 저녁노을

내일에 희망을 꿈꾸며 눈을 감고
희망찬 꿈나라로 내일을 그려 본다

맑은 영혼의 초심

충남 아산 출생 / 장삭 시집 / 제1 시집『나비의 꿈』출간 / 제2 시집『숲 속의 아침』출간 / 이향
문단 초대 회장 / 글로벌 문인협회 부회장 / 대한민국 가곡 작사가협회 상임위원 / 도전 한국인
문예 지도자상 수상 / 한국 문학상 최우수상 수상 / 청암문학 작가협회 부회장

# 나이스 샷 / 유회숙

바람 한 줄 그어 놓고 멈췄다
꽃잎 몇 장 그림자를 들여다본다
오후 1:52
2024년 4월 6일
홀인원 안으로 봄 불러들인다

시집『국수사리 탑』외 / 저서『편지 선생님』/ 제13회 불교문예작품상 수상 외 / (사)한국편지
가족 고문 / (사)한국산림문학회 이사

# 틈 / 유희숙

방수 작업이 끝난 며칠 후 우연히 보았다
한참을 보다가 틈을 곁이라 읽는다
물기를 머금은 그때부터
제자리에 콕 박혀
밀어 올린

시집『국수사리 탑』외 / 저서『편지 선생님』/ 제13회 불교문예작품상 수상 외 / (사)한국편지
가족 고문 / (사)한국산림문학회 이사

# 봄봄봄 / 윤여정

사방이 연분홍빛
향기로 가득하구나
땅 냄새에 취해 버린
푸르른 새싹들
부둥켜안고
봄 인사 하느라
살랑이는 바람에겐
눈길조차 안 주네

# 봄의 말 / 윤지환

하얀 봄들이 살랑이며 웃는다
봄이 물었다
겨우내 잘 지냈느냐고
돌 틈새로 바람이 흐르며 답했다
당신이 그리웠다고

《아시아문예》 2018 신인상 수상 / 2022 서울 지하철 안전문(스크린도어) 창작시 공모전 당선 詩 「그리움 한숟갈」 - 신촌역, 안암역, 도곡역, 중계역, 동묘앞역 게시 / 시집 『달달한시집』(2020) / 에세이 『가을오니 여름이 또 그리운거지』(2023)

# 네가 봄이 되어 / 이경희

봄이 온다
환하게 꽃등 달고 온다
힘들었던 마음 다독이며
이제 함께하자고
꽃이 되어 네가 온다

시인 / 동화구연 강사 / 부평구평생학습관 강사 / 부평구여성센터 강사 / 인천상이군경 복지회
관 시&시낭송 강사 / 《시가흐르는서울》월간지 기자 / 카네기홀 시낭송콘서트 시낭송배우 / 오
디오북 나레이터 / MBC문화센터 성우 역임

# 나도 새잎이니 / 이광조

뿌리 가까운 아랫몸서 피는 나도 새잎
어머니가 몸으로 내주신 지도 따라가는
나 역시 봄이 선물한 신생의 푸른 생명이니
가을이 와 황금빛 詩를 빚을 때까지
저 수직에도 포기할 수 없는 거룩한 손이여

마산生 1959년 2월 8일(陰) / 국제물류업 자영업 / 사단법인 한국산악회 부회장, 산악인 / 시인 친구 따라 시강연, 시낭송 가방들고 따라 다님 / 현재 노원평생학습원 시창작교실 참여중

# 봄날 / 이규원

잘 가라
부디, 잘 가라
모롱이 돌아가 너 안 보일 때
무너져 내리는 내 마음이
토해 내는 혼자 말

이규원(靈山雅白) 시인, 시조시인, 문학평론가 / 1950.경남 고성 출생 / 재경고성문인협회 회장 / 한국문예작가회 부회장·연수원문예창작 교수 / 한국시서울문학회자문위원장 /《한국문예》문학대상 수상(2021)

# 너도 꽃이다 / 이금례

사람아, 사람아
무녀리라고 나를 비웃지 마시라
세상 밝혀 주는 게 꽃이다

1944년 서울 출생 / 2016년 계간 《에세이 포레》 가을호 수필 등단 / 2018년 시집 『나는 붉은
치자꽃이었다』로 작품활동 / 시집 『나는 붉은 치자꽃이었다』 『바람의 여자』 『내 중심을 낚는
이 누구신가』 / 수필집 『허물벗기』 『이화동 연가』 / 2020년 《포에트리 아바》 수필문학상 수상
/ 2022년 한국문인협회 종로지부 회원 / 2022년 시낭송교육지도자 자격 취득(한국교육컨설
팅 개발원)

# 동행 / 이두백

저 설산 이룬 원고지 뭉치들
가없는 만년필 잉크 춤과 손놀림 춤을 품고
헤아릴 수 없는 시간과 생명력 반추하면서
오늘도, 혼불들과 동행하면서
영생 향한 행진을 지속하고 있구나

시인, 수필가 / 서울중구문인협회 회원(2012년부터), (사)한국문인협회(2008년부터) 회원 /
문학의 집.서울 / 한국수필가 협회 / (사)한국가교문학회 / 문학의 숲 회원 / 수필집 『상처뿐인
영광(2008년)』, 2003년 월간 〈사람과 산〉 제정 제9회 산악문학상 수상

# 산사의 봄바람 / 이민자

바람아 바람아 너는 알까 몰라
내 이내 속 타는 것을 너는 알까 몰라
봄바람 봄마중 가다 등불 되었네
빨강 노랑 파랑의 등불 밝혔네
봄바람 추억을  너는 알까 몰라

버스정류장 인문학글판 장려상수상(수원)

# 꽃길 / 이상규

꽃길도 바람은 불더라
한눈팔기 쉬운 샛길도 있고
느닷없이 내리는 심술비도 있더라

어디 꽃뿐일까

경북 문경 출생 /《순수문학》시 등단(2015) /《미래시학》수필 등단(2017) / 공저『비밀의 뜰』
『시의 끈을 풀다』『아하브』외 다수 / 미래시학, 글마루, 아하브 동인

# 봄의 깨어남 "속삭임" / 이상선

겨울 끝나고 봄이 와서 잔디꽃이 핑크빛을 뿜네.
얼어붙은 마음 녹이며, 손으로 입을 가리고 웃는 봄.
잠을 깨 일어나 움직이자 "봄이 삶을" 다시 살려 주네.
겨울잠 속 쉬던 나를, 잔디꽃이 부드럽게 안아 주네.
봄의 입맞춤, 봄의 속삭임, 새로운 시작을 느껴 본다.

《현대계간문학》신인문학상 (시, 2024. 봄) / 여수시 거주 / 의료보험관리사 / 의무행정관리사
/ 대한궁도협회 무선정 이사 / 한국연예공연단 연출감독 / 여수수필 회원 / 사)한국대중음악
전.동(사무국장) / 수산물 제조업체 대표

# 뿡뿡이 / 봉필이서연

천사 같은 병아리가
봄바람 타고
우리 곁으로 왔다

아빠를 꼭 닮은 붕어빵아
건강히 자라다오

시인, 수필가 / 한국문인협회 제27, 28대 70년사 편찬위원회 위원/ 현대문학신문 작가회 부회
장, 현대문학한국 편집주간 / 시마을문학 자문위원, 고문 / 2019년 제9회 문학상 수상, 2020
년 제27회 전국예술대회 대상 / 2020년 제1회 사)한국문학협회 시화전 최우수상 / 2020년 서
울지하철 스크린도어 시 공모전 당선 / 2021년 제1회 담쟁이문학 수필부문 문학상 / 2023년
제30회 전국예술대회 대상

# 엿듣다 / 이선미

꽃밭 한 켠
소곤대는 소리에 귀를 쫑긋
겨울 건너온 함박웃음
움마다 꽃웃음 터진다

안동 가톨릭상지대학교 사회복지학과 졸업 / 2000년 제 1회 전국 편지쓰기대회 학생부 장려상
/ 2018년 LH행복주택 체험수기 공모전 우수상 / 2022년 달성문화원 시인대학반 군수 표창 /
달성문화원 시인대학반 회원 / 진천 주민센터 시창작반 회원 / 은점시문학회 회원 / 한국방송통
신대학교 대구경북지역대학 국어국문학과 4학년 재학(41대 정책국장)

# 봄의 향연 / 이성의

백련사 경내와 담장 너머 찾아온 봄소식
언덕배기 새싹들이 파릇파릇 나풀나풀
연그린 가지에서 이름 모를 산새들의 지저귐
정자에 앉은 가족들이 깔깔대는 웃음소리
따뜻한 풍경 수채화로 채색되어 가슴이 설렌다.

교육공무원 약40년근무 / 교감 교장자격취득 / 행정사 자격취득 / 전)한국생활문학회 운영이
사 및 감사 / 전)한국문학생활회 감사및 자문위원 / 한국문인협회회원 / 한국문학생활회회원
/ 홍조근정훈장 / 한국문학생활회 시 대상수상 / 저서『튼튼한우리가정』시집『언덕위에 작은
집』수필집『내안에 그림자정원』

# 여백 / 이성직

모습을 그려 봐
우리 함께 했던 때
마음이 펼쳐지잖아
그래,
다시 미쳐보는 거야.

1956년 충북 보은 출생 / 2007년《시와 창작》소설 등단 / 제주 한라대학교(사회복지과) 재
학중

# 협치 / 이성호

목표를 위해 말씀들 많이 하셨지
참 공약 빈 공약도 나올 수 있는데
뽐내지 말고 발목 잡지 말았으면
나라 걱정에 가부좌 틀고 묵언수행 중
국가 보호종답게 처신하는 나를 봐

고려대 법학과

# 금낭화의 꿈 / 이승룡

산사 가는 길목
도란도란 붉게 핀 사연, 뉘 묻거든
부처님 오신 날 연등 못 단 이들 위해
기꺼이 고운 연등 돼 줄 게라
그리 답해 주시게

제주 출생 /《서울문학》시부문 등단(2018년) / 서울문학문인회 회장 / 한국문인협회 회원 / 시
집 :『어느날 걸망을 메고』『시를 멈추다』

# 봄볕 / 이시향

계절의 문턱에 걸려
머뭇거리던 마음
봄볕에
말리며 툭툭 털어 봄

현) 울산디카시인협회 회장, 울산아동문학회 회장, 한국아동문학인협회 부이사장, 한국동시
문학회 이사, 울산문인협회 이사 / 시의 향기 & 디카시 세상 & 내 안에 詩 운영 / 개인 작품집
디카시집 : 『우주정거장』 외 19권 / 제주도 삼양 검은 모래 해수욕장에《삼양 포구의 일출》시
비 세워짐

# 유일무이 / 이연옥

거기 있었네
하마터면 밟을 뻔했지
세상에 하나뿐인 너
다칠세라 봄 햇살을
그러모은다

정읍 고부 출생 / 동서문학상 수상 / 영등포문화원 문예공모전 입상 / 수정샘물문학회 회원 / 영
등포 투데이 객원기자 / 영등포사진작가협회 홍보간사 / 공저『저널문학가 동행』

# 골목길에서 봄을 만났다 / 이영심

화사한 너의 미소에 두근두근
설레는 마음을 감출 수 없구나
조붓한 골목길 돌담 틈새에
수줍은 듯 다소곳이 피어오르는
봄이 소리 없이 방긋 웃는다

부산출생 /《현대계간문학》수필부문 신인문학상 수상, 등단(2023) / 제2회 강원시니어문학상
수필부문 최우수상(2023) / 사)한국문학협회 회원 / 글누리문학회 회원

# 눈물 / 이장주

이별 여행을 가는 꽃비
하염없이 울어댄다

화사하고 따뜻한
봄날의 작은 흔적들

PBA프로 당구선수 / 동명전문대졸업 / 수상:제1회 동심 디카시 「보물창고」 신인문학상
2022.10.22 수상

# 청사초롱 은초롱 / 이정미

흐벅진 함성이 아니어도
초록 잎사귀들 사이에서
점점이 작은 방울 매달고
청사초롱 봄소식을
받쳐들고 있구나

고려대학교 대학원 비교문학 석사 / 2013년 10월 집안의 3대 시집『백년을 걸어온 봉선화』/
2017년 계간지《미래시학》신인문학상 수상 / 2019년 8월 시집『열려라 참깨』/ 2019년 8월 수
필집『햇빛속에 도망친』/ 2020년 12월 집안의 4대 5인 시집『햇살따라 봉선화』/ 2021년 2월
〈햇살따라 봉선화〉가 유네스코 세계문화유산 도시인 익산의「숨은 보석」으로 선정됨 / 2019.8
월 이리남성여자 중학교 영어교사 정년퇴임

# 수원지水原地 봄 / 이종분

봄 마중 나온 진달래 아가씨
물거울 앞에서 화들짝

어머나 저고리만 입고 나왔네

물거울 속 붕어들 꼬리치며
박장대소한다.

1947년 충남 공주 출생 / 공주 거주 / 현)금강여성문학 회원 /《현대계간문학》시부문 신인문학
상 수상, 등단(2022) / 사)한국문학협회 회원

# 행운목 / 이주현

가족이 둘러앉아 동동주 앞에 놓고
손자들 개다리춤 딸은 나비춤
멀거니 보고 있던 행운목이
봉오리마다 함박웃음이 터져
향기가 방안을 가득 메운다

이주현(본명 이태욱) / 2016년 계간(문파) 신인상 시 부문 등단(사) / 한국문인협회 회원 / 불교
문학이사 / 한국인성교육위원회 부위원장 / 종로문학 이사 / 표암문학 문학상, 불교문학 문학상,
창작문학 대상 / 저서『가고 오네』『기쁨도 슬픔도 내 것인 것을』

# 봄은 / 이지선

여름부터 준비한 봄맞이
겨울의 어둠과 침묵도
생명을 품고 있어 견뎠다
봄은, 살아 있음을 증명하는
생명들의 절규다.

시집 『배낭에 꽃씨를』 『비껴간 인연』 / 에세이집 『아름다운 이별』 『내가 만난 하느님』 / 여행기
『길에서 만난 세계사 1. 2. 3.권』

# 오~봄봄 / 이찬용

산들이 우두둑 기지개를 켜다
나무들 소스라쳐 옷깃 여미다
신명나서 온 골짜기 부산하다

한국문인협회 회원 / 중앙대문인회 이사 / 문학의빛《작가와 함께》월간시 편집위원 / 시집 『우
러르다』(명성서림 발행)외 다수

# 변심 / 이창우

나와 눈 맞출 때 수상한 시절 외면한 눈길
햇살 가득 순백 꽃이여
어제의 오늘은 사라지고 새날인 오늘
누렇게 변한 깊어진 탄식 상심 가득한 사월 지나
다시, 이 계절 품고

책과 영화를 벗 삼아 오늘을 살아가는 유랑자 / 장편소설 『8헤르츠』 『스물, 가만하다』 / 산문집 『무료책방에서 자본론을 읽다』 / 시집 『#3650』 / 여우숲 수상한 책방지기로 마을 공동체 활동가

# 목련꽃 / 이철우

고운 마음 담긴
봄 햇살 내려와
거친 가지마다
하얀 맘 가진 꽃
그 자리에 앉았다

한국문인협회 회원 / 한국아동문인협회 회원 / 공무원문인협회 부회장 / 안곡문학연구회 회장
/ 한국사진작가협회 회원 / 디카에세이작가 / 동심디카시문학상 수상 등

# 하늘바라기 / 이태범

넘어뜨릴 수 있으나
꺾을 수 없습니다

눈의 무게도
북풍의 칼날도
굴삭기의 주먹도

등단 2015년 제10회《국제문학》시 부문 신인작가상 / 전남대학교대학원 국어국문학과 현대시
박사수료(2022.2) / 저서)『청개구리 시험지』(2020) / 한국문인협회 회원 / 전남문인협회 편집
국장 / 전남시인협회 이사 / 영광문인협회 사무국장

# 꿈, 이루다 / 이 헌

노목의 허리춤에 뽀루지로 돋아나서

겨우내 몽구린 꿈 기어이 이루었다

여려도 눈빛이 맑다 한 줄기 빛이어라.

한국작가(2014, 수필), 《시조사랑》(2015. 시조) 등단 / 사)한국문학협회 회원 / 제9회 대은시
조문학상(작품상) / 시조집『동산에 달 오르면』, 『세월을 중얼대다』, 『곱다시 사랑합니다』, 『얼
굴 한번 봅시다』등 6권 출간

# 승자의 상흔 / 이현원

겨울이 떠난 길목
암호로 새긴 부호
고난을 극복한 자만이 해독하고
비바람에도 지워지지 않는
'나는 추위와 싸워 이겼노라'

2013년 11월, 월간《문예사조》시부문 신인상 수상 / 2015년 7월, 월간《한국수필》수필부문
신인상 수상 / 한국문인협회 회원, 한국수필가협회 회원, 청숫골문학회 회장 역임 / 한국문학
협회 회원, 학여울문학회 회장, 한국창작문학상 수상, 문학생활 문학상 대상 수상 / 시집『그림
자 따라가기』『구부러진 그림자』

# 라일락의 봄 / 참벗 이현주

사랑 가득 채운
풍성한 기쁨을 바람에게 나눈

그 바람은 날개를 달았습니다

흔들리지 않는 삶
새로운 길 합창하며 웃을 수 있다는

시가흐르는서울문학회 총괄본부장 / 가교문학회 운영차장 / 한국예총(전)중구지부 사무국장 /
한국문협중구지부(전)이사, 사무국장 / 신사임당 백일장 차하 / 사육신 백일장 특별상 등 / 전
국자연보호 공로 훈장증 등 / 가곡: 틈, 작시 이현주 작곡 강나루

# 봄, 엄마 생각 / 임정원

밭두렁이 초록으로 물들어 갈 때면
엄마가 보낸 봄을 먹는다
그리움이 발효되고 숙성된 쑥떡
봄을 캐는 엄마 생각에 눈물이 나고
가슴엔 쑥물이 든다

방송대 졸 / 한국 문인협회 회원 / 새싹회 회원 / 한국 예술인재단 작기 /《조선문학》문인회 이
사 / 2018《조선문학》(시 등단)

# 꽃사슴 / 임종순

너처럼 선한 눈동자에도
성난 뿔이 있었구나

너처럼 후덕한 얼굴에도
마른 나무 같은 뿔이 솟았구나

나의 봄, 꽃사슴 같은 그이도 가끔씩 뿔이 솟곤 한다

동남문학 회장 역임 / 사)한국문학협회 이사 / 한국문인협회 회원 / 저서『풍경이 앉은 찻집』/
공저『언론이 선정한 한국을 빛낸 명시선』/ 동남 문학상, 아주 문학상, 경기 문학인 작품상 수상

# 강아지풀 / 임지훈

초록에 휩싸여 난 깨달았다
내가 반짝이는 빛깔이 되기보다는
식구인 낮은 구름과 지친 바람의
등을 토닥거리는 게
더 중하다는 것을

2006년 『미네르바』 등단 / 2018년 시집 『미수금에 대한 반가사유』 / 2018년 한국문인협회 작
가상 수상 / 2019년 사진시집 『빛과 어둠의 정치』 / 2021년 사진시집 『예맨』 / 2024년 시집 『
고래가 나를 벗어나』

# 제비 돌아오는 날 / 장옥자

풀이 고개를 든다 봄볕에
꽃이구나

피어오른다 봄볕에
버선발 마중 나간 제비꽃

서양화 전공 / 문화원 시창작동아리에서 활동

# 뱀딸기 / 장은해

얼마나 더 기다려야 그대 눈길 마주할까

얼마나 더 붉어져야 그대 손길 느껴볼까

얼마나 더 뜨거워져야 그대 입술에 혼절할까

아호: 松延 / 2018년 서울신문 신춘문예(시조) 당선 / 2021《현대계간문예》신인문학상(수필) 당선 / 사) 한국문학협회 부이사장 / 뿌리춘추회 회장 / 시조집『0시의 녹턴』『굿모닝, 관절통』 / 전국 백일장 해남한국문인협회 대상(2010) / 한국문학협회 대상(2023)

# 도원결의 / 장인원

우리 절대로
헤어지지 말자

시인 /《청암문학》시 등단 / 안곡문학연구구회 이사, 청암문학 회원 / 한경대평생교육원 시 창작교실 제 1기 수료 / 한경대총장 공로상, 안곡문학 작가상 수상 / 저서『괜히왔다 그냥간다』『과수원길』외

# 부탁 / 장인원

한번 알면 잊히지 않는
참 좋은 내 이름

하늘빛 곱게 담은 저를
기억해주세요

개풀알풀 올림

시인 /《청암문학》시 등단 / 안곡문학연구구회 이사, 청암문학 회원 / 한경대평생교육원 시 창
작교실 제 1기 수료 / 한경대총장 공로상, 안곡문학 작가상 수상 / 저서 『괜히왔다 그냥간다』『
과수원길』 외

# 민들레 / 전경숙

들녘 풀잎들이 봄옷 갈아입고 여기저기 돋아났다
길섶에서 끈질기게 살아나 봄을 알리는 생명의 속삭임
어린 꽃망울이 하늘을 향해 방긋 미소 짓는다
하얀 동심원 그리며 촘촘히 맺힌 홀씨들의 함성
상큼한 봄내음에 내 마음도 어느새 초록에 물들었다

시인, 행정사 / 강릉원주대학교 유아교육학과 박사과정 수료 /《현대계간문학》신인문학상 수상
및 등단(2017) / 삼척시청 민원봉사 과장 역임 / 녹조근정훈장 /《현대계간문학》작가회 회원

# 주홍물결 / 정계문

햇살 한 줌에 핀
당신, 붉다

유혹을 이기지 못한 봄
밤잠 뒤척이는 주홍 물결

경북 의성출생 / 월간《신문예》詩 부문 등단 / 대륙문인협회 부이사장 / 은점 詩문학회 사무국
장 / 한국신문예문학회 이사 / 격월간지《작가와 함께》편집위원 / 반년간 '은점시학당' 편집장
/ 문학인신문 기자 / 인사동시인협회 회원 / 의성군여성대학 詩동인 회장 / 시집『기억의 조각』

# 상리공생相利共生 / 정상덕

벌은 꽃에 상처 하나 내지 않고
꽃은 온몸으로 벌을 품는다
꽃이 가지에 향기로 수를 놓는 동안
생명의 숨을 불어넣는 벌,
벌과 꽃의 상리공생相利共生

2024《현대계간문학》신인문학상 등단 / 현) 원불교 약대교당 교무 / 전) 2007년 달마문예대
학 1기 사무총장 / 전) 원불교 영산성지 사무소장 / 전) 원불교 100년 기념 성업회 사무총장 /
수상 2020년 불교 인권상 / 저서『원불교 인권을 말하다(인권없는 평화는 공허하다)』외 다수

# 꽃향 / 정서윤

봄날,
비에 씻긴
꽃잎의 맑은 향기

서울 출생 / 경희대학원 한국어교육 석사 / 2019년《월간시》등단 / 2023년《여행문화》등단 /
공저『눈꽃바람 벗어나기』『인생은 눈부신 선물』『혼자 있을 때 생각나는 사람이 있다는 것』시
집『유리병 속의 팔레트』/ 현대시학 회원 / 현재 여행작가, 한국어 강사

# 봄 타는 우주 / 정유경

오월의 어느 날
봄바람을 타고, 나의 우주로 봄이 왔다.
온종일 나의 우주를 봄빛으로 물들이는 너
어제도 오늘도 내일도
엄마의 우주는 봄 타는 중.

동화작가 / 오디오북 내레이터

# 봄이 오면 / 정이든

봄이 오면 봄바람이
살랑살랑 노래 부른다
바람도 봄을 좋아한다
겨울에 추워서 숨어 있던 꽃들도 활짝 웃으니
내 마음도 따라 웃는다

대구범일초등학교 3학년

# 꽃무릇의 왈츠 / 소향 조남대

화사한 봄 바람에
빠알간 드레스 단장하고
왈츠 음악에 춤을 춘다
길가던 상춘객도
덩달아 어깨가 들썩거린다

월간《한국국보문학》수필, 시, 디카시 등단 / 현 한국문인협회, 국제PEN 한국본부, 한국수필
가협 회원 / 현 (사)한국국보문인협회 부이사장 / 현 (사)금아피천득선생기념사업회 이사 / 『아
직, 봄이고 싶은 거지』(수필집, 2023년), 두 엄마와 함께한 보름 동안의 행복 이야기(2018년)
/ 대한민국 문화예술 명인대전 명인 대상(국회교육위회 위원장상, 2022년,12월) / 한국문학신
문 대상(수필부문, 2022년) / 방배에세이클럽 지도교수 / 인터넷신문 「데일리안」에 "조남대의
은퇴일기"(수필) 격주 연재

# 봄의 향기 / 노을 조동선

겨우내 바위에 묻힌 그림자
햇살에 기지개를 켜고 나르샤

산수유 봄비를 마시고
살포시 아토의 꽃망울을 틔우더니
다원 삐악삐악 왈츠를 춥니다.

행정사, 명예 문학박사 / (社)한국문인협회 정책개발위원회 위원 / (社)국제Pen클럽 한국본부 회원 / 한국노벨재단 노벨문학 경기지회장 / 문학신문 수원지회장 / 시인의 바다 회장으로 활동하고 있음 / 詩集: 1집『그리움의 바다』2집『향수 호수길』/ 共著:『시인의 바다 출간』外 다수 활동

# 므은드레 / 조성매

빛나는 봄 햇살따라
우연히 마주한 한 송이 노랑꽃이
방싯방싯 나의 눈에 들어오면
그래~널 보는 즉시
사진 속 그림이 된다

문화 해설사

# 새벽 길목에서 / 조수만

봄내음 물씬한 새벽
어여쁜 꽃술의 분홍빛 매화
피어나는 봄꽃 향기에 취하고
생동하는 봄날 가버린 추억을 그리워하며
새벽 길목에서 시를 쓴다

충남 부여 출신 /《현대계간문학》시부문 신인문학상 등단(2023) / 사) 한국문학협회 회원 / 중앙대학 명품(스피치, 시낭송, 글쓰기)자격증 / 비둘기 창작사랑방 회원 / 한식 요리연구가 / 교회 합창단 활동 / 복지관 인형극 봉사단

# 마을 작은 쉼터 / 조육현

긴 세월 삐걱거리다
관절에 못 박힐수록
점점
忍苦〈인고〉의
중심이 잡혔네

순천 출생 / 청암 문학 작가협회 회장 / 한국문인 협회 회원 /《한울문학》시부문 신인문학상
(2005) /《시와수상문학》수필부문 신인 문학상(2010)

# 생명의 탄생 / 조진태

꽃향기로 잎눈 터지던 봄날
고요한 전원에 적막이 흔들리더니
위대한 생명이 탄생했다.
모정의 고통은 차라리 영롱한 봄의 서정
고통의 눈시울엔 금시 봄 햇살이 가득하다.

71년 이원수 선생 추천으로 아동문학 등단 / 76년《월간문학》에「우적」발표로 소설가 활동 / 소설집『비목』『견습기』『파란 메아리』『못다 부른 노래』『붉은 허수아비의 춤』『초원에 잠든 벌』『찬란한 저녁놀』『옥상의 정원』외 다수 / 월간《학부모지》주간,《영남명사대감》편찬 주간,《남강문학》주간,《음성문인협회》회장 등 역임 / 현재 옥출문학촌 촌장

# 황혼 육아 / 조태환

봄바람 간지럼에 꾹 참았던 웃음
할머니 등 위에서 자지러질 때
구부정한 허리 황혼에 물든다

전)부산광역시택시운송사업조합 상무 이사 / 전)부산지방노동위원회 사용자 위원 / 전)부산노
사민정포럼 운영위원장 / 전)양산신문 시민기자 / 한국디카시인협회 양산지회 회장

# 인생의 봄 / 주대원

인생에 봄바람 불어 좋다
넘어야 열리는 봄의 세계
봄의 상처는 꽃으로
치유되어야 한다
생애의 최고의 봄날

《문학세계》신인상 / 현 동남경재신문  취재본부장 / 솔뫼문학관  이사 / 다문화대상 시부문 /
한국기자 협회 시 대상 / 저서 『아그리파의 바다』 외 9권 / 한국문협회 회원, 충남문인협회회원,
부산 문인협회 회원, 당진문인협회회원

# 난, 참을 수 있어! / 진수영

금방이라도 폭발할 것처럼 화난 얼굴
아뿔사! 어디로 튈지 아무도 몰라
서로 힐끗힐끗
눈치만 보다 고개 숙인다.
어디로 갔을까, 그 불똥들은

경남 고성 출생. 아동문학가 / 저서 동화집『아주특별한 여행』,『내친구 칼루스』/ 공동저서 다수,
아름다운 우리말 창작대상 – 대상 / 「즐거운 봄」, 동요곡 다수 / 경남문인협회 사무차장 엮임(4
년) / 진해문인협회사무국장엮임(아동문학분과위원장(현) / 한국아동문학회동화분과위원장,
한국문인협회 회원, 경남아동문인협회 회장(현)

# 4월의 눈물 / 진장명

산뜻하게 뽐내는 청춘
하늘하늘 젖어 오는 미소
그들은, 또다시 태어나겠지
잠시 기억을 잊은 거니까
주르륵 눈물비가 내린다.

시인 및 아동문학가 / 창원전문대학 졸업 / 어린이집 원장 5년 근무 / 시화 늪 여름호(2022)
통권 56로 등단 / 시와 늪문인협회 사무차장 / 작가문학상 대상 / 경상남도 아동문인협회 사
무국장

# 봄 내음새 그윽한 날 / 천성인

누님 손길 같은 산들바람 불어올 제
강아지 앞세워 하릴없이 노닐다가
개울 건너 냉이 달래 어린순 솎아내니
오늘 저녁 엄마 내음새 그윽하겠네.

인천출생 / 강원공무원문학회 새밝 신인문학상(시부문), 2021년 / 《현대계간문학》 신인문학상
(수필부문) 2022년 봄호

# 철쭉 / 최상민

생기를 토하는
대지의 함성
선혈이 낭자한
아픔을 딛고
천지를 불태우는
놀라운 열정

동아대 국어국문과 졸업 / 고등학교 국어교사로 퇴직 / 서울남교회 은퇴장로 / 국제문인협회
회원 / 시집 :『내 인생의 소풍』발간 / 공동문집 :『둥지』발간 / 자서전 :『행복한 나그네』발간

# 그리워... / 최석희

햇살 봄 머금은 땅·하늘,
닿는 곳마다 마다 풀꽃 향기 가득
깊숙한 치유 살가운 그리움
길 잃은 나그네 세워 발걸음 멈추고
북받쳐 오르는 삶 길 찾아 떠나 볼까!

초등학교 교장 / 서울시 초중등학교 학생, 학부모 인성교육 지도교수 / 서대문 시니어클럽 방과
후 강사 / 서대문 아카이브 마을기자(현) / 『손자향한 사랑많은 할아버지 편지』 저자 (2024년2
월 출간) / 서울 동국대학교 경영대학원 인사관리 전공 석사 졸업(1991년)

# 세 든 자의 슬픔 / 정암 최송원

2023. 5. 5. 오전 7:56:04

네가 좋아하는 것과
내가 좋아하는 것이 겹친다 해도
자연에 세 들어 사는 내가
자연의 주인인 널 어쩌랴

(사) 한국문학협회 상임이사 / (사) 강릉문인협회 회원 / (사) 문학한국 시, 수필 등단 / 한국문학협회 시문학 대학원 졸업 / 독서 지도사 / (사) 문학한국 최우수상 수상 /《현대계간문학》문학대상 수상 『초록진주알』시집 출간 외 동인지 출간 다수

# 용두산공원에서 / 최순미

동백꽃 한 송이 웃고 있다

엄마 립스틱 몰래 바르고

내게 달려오던 손녀 입술처럼

방송대 국문학과 졸업 / 남항문학회 회원

# 남몰래 핀 꽃 / 최영희

그대 떠난 날
땅속 깊이 숨었는데
한 줌 햇살에
기어이 피었다오

시인, 화가 / 의상학전공 전 패션디자인교사 / (사)《산림문학회》 시부문 신인상등단.회원 / 시집 『오뜨꾸뛰르의삶』2022. 『너의결다가올때』2023. 『블루칵테일』2024 / 수필집 『소소한행복길』2018. 『소소한행복』2019 / 갤러리전 『꽃,담아그리다』2021 공전. 『평택배다리도서관』2023공전 / 수상 『충청미술전람회제21회』 특선, 입선. 2023 / 송탄미술인회 정회원

# 봄소식 / 최윤호

옷깃을 파고드는 바람따라
버들강아지 눈을 뜨고
축령산 계곡의 잔설 녹아
창문 틈 사이로 봄이 오네요

서울특별시 지방공무원(산업국) / 국가공무원(내무부) / 도로교통공단(인사처장) / 월간 보훈
뉴스(상임고문) / 경주최씨 광정공파(감찰공)남원종친회(상임고문) / 《현대계간문학》 시부문
시인문학상 수상(2022) / 한국경찰문학회(회원)

# 야경 벚꽃 길 / 최임순

오색불빛 비추는 꽃길
화무십일홍 누가 말하리
하늘 향해 모은 천사 얼굴
흔들림도 사랑의 고운 빛
기쁨의 전령 영원히 피어나라

한국문인협회 문학연구위원회 위원 / 한국문인협회 양천지부 자문위원 / 한국문예작가회 부회
장 사회자 문학평론가 / 중앙대문인회 이사 / 법학과 법률봉사회 감사장 수상

# 때 이른 모란이 피고지고 / 최정옥

지금은 때가 아닙니다
당신은 대체 누구시기에 기쁨을 주시더니
이내 서러움과 허무만을 안겨 주십니다그려
여전히 기다리고 당신의 때가 되면
정녕 그대는 오시는 겁니까

방통대국문학전공 및 서울문화예술대졸업. 서울사회복지대학원졸업 / 시인, 수필가, 시낭송가,
동화구연가 / 한국동화구연지도사협회 자문위원 / 서울양천문협이사 / 현, 어린이집 원장 / 수
필;2023년『개척자의 삶』출간

# 야외 수업 / 高山 최창수

졸지 마
수업 시간이야
밤엔 뭐 했니
춘곤증인가
세상은 요지경이야

1960년, 김제 백구 출생 / 학력: 경영학, 심리학 석사 / 자연치유학 박사 / 저서『몸과 소통하라』
/ 수상: 해양수산부 장관, 통일부 장관상 / 현, 高山 마음여행학교 / 지역 경제 활성 콘텐츠 개발
연구소 / 국제라이온스 354-B지구 교수 / 사할린대학교 초빙교수

# 첫사랑 라일락 / 최창영

방금 피어난 수줍은 한 떨기 꽃

열네 살에 싹튼 내 첫사랑
4월에 그리운 연보라 향기

오늘도 못 잊어
나는 봄바람처럼 설레고 있다

시인 / 청숫골 문학회 / 포에트리문학회원 / 강남문협회원

# 이른 봄날 / 최철원

진달래 봄기운에 연분홍꽃 피우고
초록빛 물들어 여린 싹 틔운 대지에
유채꽃 솔바람 타고 봄소식 전한다
봄볕 아지랑이 시냇물 소리는 환희의 속삭임
나뭇가지 안개비에 물방울 맺혀 또르륵 미끄럼을 탄다

시인, 행정학박사, 행정사 /《현대계간문학》신인문학상 수상 및 등단(2017) / 사)한국문학협
회회원 /《현대계간문학》작가회 회원 /《현대계간문학》대상(2022) / 동인지『현대시선』동인
시화집『나를 깨우는 시의 향기』

# 으아리꽃 / 최태순

평안의 끈으로
팔각형 정자를 짓고
꽃샘의 마음을 보라색 빛 향기로
나에게
아름다운 사랑을 씌운 것을

강릉 출생 / 2011년 월간《문학세계》시인 등단 및 신인상 수상 / 대한민국 문화교육 대상 수상 / 대한민국 교육문화체육공헌 대상 수상 / 한국을 빛낸 문인들 선정 작가(2011-2019) / 용인 대학교 겸임교수 / 강원대학교 및 성결대학교 외래 교수 / 강릉사랑문인회 제6대 편집주간 및 부회장, 산림문학회원

# 영춘화迎春花 / 피덕희

개나리인 듯 아닌 듯 해마다 너를 보며 지나쳤었지
개나리보다 더 일찍 봄을 맞으러 간다는 너
한때 어사화御史花에까지 올랐다던 너
정맥줄기에 피어난 노오란 희망
그 고운 향기는 어데 두고 이리도 일찍 나왔는가.

강원 원주시 부론면 출생 / 원주고 졸업(81년), 육사 41기 졸업(85년) / 한남대 국방전략 대학원 수료(08.2월) / 《문학저널》(시부문 87회) 신인상 수상등단(11.1월) / 첫 시집『푸른수의』(11.6월), e-Book(14.1월) 발간 / 제2시집『빈들판의 노래』(16.9월), e-Book(16.10월) 발간 / 서울지하철 스크린도어「아침 지하철」당선(12.5월) / 대통령상 수상(13.10월), 육군대령 전역(14.11월) / 대한민국 보국포장 수상(14.12월) / 한국문협·문학저널·호음문인협회 회원

# 꽃마중 / 하창용

아가야!
손잡고 꽃 마중 가자
너의 얼굴에도
분홍빛 진달래꽃
바람은 꽃바람
향기가 상큼하다

사)한국문학협회이사 / 1993년 관동카토릭대학교 엄창섭 박사의 추천으로 문예지《문예학
국》에서 詩로 등단 / 학위 논문「谷崎潤一郎의 여성관에 대한 연구」, -刺靑(1910),「痴人の愛
(1924)를 중심으로」

# 벚꽃 아래에서 / 하형곤

봄과 함께 찾아온 벚꽃 미소이건만
인생이 이렇게 바쁜 길을 재촉하는구려
좋았던 시절이 이 여인만큼 하겠는가.
그대여 쉬어 가며 나와 발을 맞추어요
황혼의 뒤안길로 손잡고 함께 갑시다.

한국방송통신대학교대학원석사졸업 / 《현대계간문학》협회(23년시부문등단) / 한국문학협회
회원 / 한국미술협회 홍천지부회원(서양화) / 강원도교육청 주민참여예산위원

# 벽 속의 봄 / 한 빛

돌조각 햇빛에 걸려
노랗게 피는 봄은
아스팔트에 안긴 부드러운 우주

바람이 스며든 벽 속에서
그대와 나 이해를 키운다

mbc별밤문정희시인심사, 시대상 / 군포시장상(수필대상) / 안양시장상(시대상) / 한용운문
학상

# 출산 장려 / 한영옥

저승꽃 같은 검버섯 온몸에 가득
반세기 훌쩍 이대로 시들 순 없지
뛰노는 소리 줄어든 어린이놀이터
나, 정신 차리고 늦둥이 보았네

《현대계간문학》 시부문 신인문학상 등단(2023) / 사)한국문학협회 여수지회장 / 제2회공감,
시민힐링 시낭송대회 장려상 수상(22.11.27) / 제12회 농화전국국악경연대회 무용 신인부 대
상수상(22. 6. 6) / 현)바람꽃 시낭송회정회원 / 제 16회 현대문학신문·열린 / 시서울 전국시낭
송대회 금상수상 / 한국예술문학신문 시담낭송여수지회장

# 그대 사랑은 봄이다 / 현영길

봄 향기 창공 숨 쉬고 달임 미소 띠는 밤
라일락 향기에 취한 새봄 이슬 기다렸던가?
땅속 깊이 솟아오르는 봉오리 꿈틀대는 새싹 계절 되었구나!
내 임 오시는 봄 소리는 안 들려도 언제 올지 모르는
임의 향한 봄 사랑 향기 기다린다.

월간《한비문학》시, 소설 부분 제 135회 등단 / 월간《문학세계》(계간 시세계)동화, 소설부
문 등단 / 한국 문학정신문인협회 겨울 67 수필 부분 등단 / 사)한국문학협회《현대계간문
학》2020년 겨울 동시부문 등단 / 한국기독교작가협회 제12호 시부문 신인문학상 수상 /
2020.4.21~2022.9.26 시부문 오피니언 울산광역매일「시가 흐르는 아침」/ 2023.4.4~ 시
부문 오피니언대전투데이「서울찬가」

# 젊어 고생 사서도 / 현형수

다들 엄두 못 내고
고개 저의며 손사레치는 길
척박의 길에 맞잡고 내미는 여린 손들
오르고 올라 봉두에 이르러
푸른 나래 펼치고 덩실덩실 어깨춤

부동산공인중개사 자격증 취득 / 사)한국문학협회 부이사장 /《문예사조》시 등단《수필시대》
수필 등단 / 한국문인협회, 부산문인협회 회원 / 국제펜클럽한국본부 회원 / 새부산시인협회
부회장 / 사)세계문인협회 이사역임 / 사)한국문학협회 대상(2022)수상 /《현대계간문학》대상
(2023)수상 / 부산문인협회장상(2023)수상외 다수 / 한국예술문학신문 대상(2023) 수상 /
저서『한세상 읽기와 보기』외 다수

# 고향 산천 / 홍순동

편편조각 구름 예나 지금이나 변함없이 찾아오고
지난날 오솔길 신작로 윙윙 길
어험 긴 담뱃대 땅땅소리 아련한데
앞산 이랑 밭두렁 조상님들 묘 옹기종기
앞 냇가 작은 폭포수 오늘도 쉴 없이 흐른다

《현대계간문학》시부문 신인문학상 수상, 등단(2023) / 사)한국문학협회 회원 / 환경 수생태 해설사 / 환경 정책위원/ 한국 현대계간 문학회원 / 누에실문학회 자문위원 / 은평 문인협회 회원 / 은평 향토 사학회 연구위원 / 철학자

# 푸른 황혼 / 홍순신

석양에 젖는다
나래질하는 갈매기
홀로 걷는 마음
노을빛 해변이 푸르다

명지대학교 건축공학과 졸업 / 문학의 빛 《작가와 함께》 2023년 창간호 시등단 / 은점시 문학회
/ 포엠시티 시분과 위원 / 월간시 회원 / 작가와 함께 회원 / 문학인 신문 회원

# 때 濃艶 / 황경연

언제부터였을까

꽃집의 저 화려한 장미보다
개천가에 지천으로 피어난 애기똥풀이
더 예쁘게 느껴지기 시작한 때는

《서울문학》시부문 등단 / 서울문학회 사무국장 / 한국 문인협회 회원

# 석양 / 황용운

떠오를 때보다
저무는 때가 아름다워라
밝고 맑게 한 생애 달구더니...

한국문인협회 인성교육 개발위원 / 한국문학협회 감사 / 서울 중구 문인협회 감사 / 시니어 신
문 논설주간

# 4월의 벚꽃 / 황지영

달빛 밝게 비추는 밤
창문 너머 벚꽃이 눈부시다
사방이 소금 뿌린 듯 하얗다
딸의 흰 이가 벚꽃을 닮았네
함박웃음 띤 딸도 벚꽃만큼 예쁘다

경인교대 교육대학원 석사 / (현) 김포 신풍초등학교 교사

# 디카시 성책도록

2024년 5월 24일 제 1판 인쇄 발행

지은이 ● 박종래 엮음
펴낸이 ● 박종래
펴낸곳 ● 도서출판 시담
04625 서울시 중구 필동로 6(2층·3층)
등록번호 제2016-000070호
전화 (02) 2277-2800

값  25,000원
메일 ms8944@chol.com

ISBN  979-11-90721-29-5